크리에이터
가디언즈

글 **정율리**

대학에서 문예 창작을 전공하고 밀크T 창작동화 공모전 장편 부문에서
금상을 수상했습니다. 한번 좋아하면 좀처럼 싫증 내지 않는 성격으로,
재미있는 이야기라면 장르를 불문하는 자칭 '잡식성 집필 대마왕'이기도
합니다. 지은 책으로 《비디오 키드의 생애》《남자무리 여사친》《크리에이
터 가디언즈 3》 들이 있습니다

그림 **김기수**

소년 잡지 〈챔프〉 공모전에서 작품 '어느 만화 작가의 이야기'로 수상하면
서 본격적으로 그림을 그리기 시작했습니다. 어린이들에게 재미있고 유익
한 그림을 보여 주기 위해 다양한 작품에 그림을 그리고 있습니다. 그린 책
으로는 〈쿠키런 서바이벌 대작전〉〈쿠키런 킹덤〉〈신비아파트 한자 귀신〉
〈코딩맨 엔트리〉 시리즈들이 있습니다.

메타버스 판타지 동화

크리에이터
가디언즈 ④

정율리 글 | 김기수 그림

Mirae N 아이세움

지난 이야기

엔젤링 체험 이벤트에 당첨된 네 아이들. 왼쪽부터 신태오 군, 김민재 군, 강레이나 양, 이수인 양이다.

'크래커 사'가 개발한 세계 최대의 메타버스 공간, 쿠키월드가 바이러스로 시스템이 마비된 지 수일이 흘렀습니다. 그사이 쿠키월드의 최신 접속 기기인 '엔젤링'의 체험 이벤트를 위한 게임 기획에 참여한 크리에이터들이 의식 불명에서 깨어나 크리에이터 가디언즈의 소식을 알렸는데요, 저희 MRN 기자가 관계자를 만나 현 상황을 들어 보았습니다.

Q. 안녕하십니까, 오늘 크리에이터 가디언즈에 관한 새로운 소식이 전해졌지요. 여섯 개의 이벤트 게임을 모두 통과해 현실 세계로 돌아올 것으로 예상되었던 네 아이가, 쿠키월드의 개발자들이 총동원해 겨우 연 안전 모드로 로그아웃하는 데 결국 실패했다는 사실이 알려지면서 전 세계인들이 안타까움을 금치 못하고 있는데요. 맞습니까?

A. 맞습니다. 그들의 신호를 감지한 결과, 단 몇 걸음이면 네 아이 모두 안전 모드를 이용해 로그아웃할 수 있는 상황이었어요. 그런데 어찌 된 영문인지 크리에이터 가디언즈는 시간 안에 로그아웃하지 못했습니다. 단 한 명도 말이지요…….

Q. 그렇다면 크리에이터 가디언즈의 의식은 여전히 쿠키월드 안에 있다는 건데, 빨리 서둘러서 지금이라도 그들의 신호를 파악해 다시 안전 모드를 열면 되는 것 아닙니까?

A. 그게…… 불가능합니다. 네 아이의 신호가 사라졌거든요. 저희 크래커 사는 아이들의 구출에 손을 놓고 있던 것이 아니라 일부러 아이들이 모두 이벤트 게임을 마칠 때까지 기다렸어요. 게임이 다 종료되면, 그들이 어느 위치에 도착할지 정확히 알고 있었으니까요. 하지만 안전 모드가 열리자 아이들의 신호가 감쪽같이 사라졌고, 안전 모드를 여는 조건도 까다로워서 다시 열 수 있을지 미지수입니다. 물론 그들이 있는 곳이 짐작 가기는 하지만…….

Q. 그렇다면 그곳에서 크리에이터 가디언즈의 행방을 추적하면 되겠군요!

A. 그것도 불가능합니다. 거긴 접근 제한 구역이라, 권한을 부여받은 소수의 개발자들만이 들어갈 수 있습니다. 더 자세하게 말씀드리고 싶지만…… 쿠키월드에는 아직도 밝혀지지 않은 진실이 많이 숨어 있다는 것, 현재로서는 이 정도로만 말씀드릴 수 있겠습니다.

Q. 그렇군요. 하지만 저도 쿠키월드 이용자로서 이것만은 묻고 싶군요. 많은 분들이 가장 궁금해하는 질문이겠습니다만, 크리에이터 가디언즈는 무사히 현실로 돌아올 수 있겠지요?

A. 지금까지의 활약을 생각하면 당연히 무사히 돌아와 의식을 찾을 거라고 믿습니다. 크리에이터 가디언즈는 리듬 어드벤처, 미스터리 대저택, 데스 트레인, 블루베리 포레스트, 피라미드 거울 미로, 슈퍼 슈팅까지 총 여섯 개의 게임을 거쳤습니다. 안전 모드를 열기 전 신호를 감지한 결과, 게임 중도 탈락자는 0명입니다. 바이러스와 불안정한 서버와 같은 혼란 속에서도 말이죠. 각 게임들은 내용도 다르고 난이도도 다릅니다만, 협동심이 필요하다는 공통점을 가지고 있습니다. 네 아이가 한 명의 낙오 없이 무려 여섯 게임을 다 통과했다는 건, 그들이 힘을 합쳐 서로를 돕고 있다는 이야기가 되겠죠. 심각한 상황 속에서도 게임을 통과하고 다른 크리에이터들도 구한 그들이라면, 분명 로그아웃에 성공하리라 믿습니다. 이건 제 생각이지만, 어쩌면 그들은 쿠키월드에 남은 리아 양과 '그분'을 구하기 위해 아직 머무르고 있는 게 아닐까요?

Q. '리아 양'은 가수 리아일 테고, '그분'이라면 일전에 말씀하신 '이 긴급한 상황을 해결해 줄 박사님'을 말씀하시는 건가요?

A. 음, 지금은 밝힐 때가 아닌 것 같습니다. 크리에이터 가디언즈가 무사히 귀환하면 모든 진실이 밝혀지겠죠. 아이들이 안전하게 돌아와 진실이 알려질 수 있도록 저도 제 나름의 방법을 고민할 생각입니다.

Q. 그렇군요, 알겠습니다. 마지막으로 하고 싶은 말씀이 있으신가요?

A. 엔젤링 개발의 본래 목적은 단순한 접속용이 아니었습니다. 엔젤링으로 아이들을 위한 새로운 교육의 장을 마련하려 했죠. 그러던 중 개발에 차질이 생겼고, 많은 진실이 가려지고 말았습니다. 피해는 오롯이 이용자들의 몫이었지요. 어쩌면 쿠키월드를 장악한 바이러스는 단순한 시스템 오류가 아닐지도 모릅니다. 우리가 바이러스로 망가진 쿠키월드에서 크리에이터 가디언즈를 구해 내는 일은, 우리 자신을 되돌아보고 또 다른 불의와 싸우는 일이라 할 수도 있어요. 여러분, 크리에이터 가디언즈가 무사히 돌아오길 기도해 주십시오.

Q. 저희도 크리에이터 가디언즈를 끝까지 응원하겠습니다. 새로운 소식이 들어오는대로 알려드리겠습니다. 지금까지 MRN 뉴스였습니다.

1화

다급하게 멀어지던 수인의 발자국 소리는 철컥하는 소리
와 함께 어느 순간 뚝 끊겼다. 사방이 고요했다. 고요함만이
아이들 옆에 들어앉았다. 민재는 온몸에 힘이 쭉 빠졌다. 태
오가 폭발 거미 아이템이 뿜어낸 거미줄에서 벗어나려 발버
둥을 치며 말했다.

"폭발 거미는 같은 편끼리는 효과 없는 아이템 아니었어?
어휴, 찐득거려."

민재가 이를 악물고 대답했다.

"이수인과 우리가 같은 편이 아니었던 거겠지."

착잡한 대답을 들은 태오는 시무룩한 얼굴로 다시 몸을

비틀었다. 레이나는 슈팅건을 꺼내려 안간힘을 써 보았지만, 슈팅건이 든 아이템 보관함을 열기엔 역부족이었다.

"에잇!"

레이나가 크게 기합 소리를 내더니 거미줄을 자기 이로 물어뜯었다. 놀랍게도 물어뜯은 부분의 거미줄이 곧 명주실처럼 가늘어졌다. 민재와 태오도 거미줄을 물어뜯었다. 태오는 끊어지지 않는 거미줄이 답답했는지 급기야 바닥에 자기 몸을 내동댕이쳐서 거미줄을 마구 해어지게 만들었다.

바닥에 뭉개진 폭발 거미의 거미줄이 지우개 가루처럼 버석거릴 즈음, 아이들은 겨우 포박에서 벗어나 주위를 두리번거렸다. 티끌 하나 없는 공간이 오히려 혼란을 부추겼다. 수인이 사라진 흔적을 찾기란 쉬운 일이 아니었다.

"어? 이것 좀 봐!"

무작정 앞으로 걷던 민재와 레이나가 태오의 말에 우뚝 멈췄다. 태오는 바닥에 눌어붙은 자국을 바라보았다. 폭발 거미의 잔해가 발자국 모양으로 찍혀 있었다.

"이거, 수인이 발자국이 틀림없어. 아까 이수인의 몸에도 거미줄이 붙었었잖아!"

태오의 말에 모두가 고개를 끄덕였다. 아이들은 아기처럼 네 발로 바닥을 기며 최대한 몸을 낮게 숙인 채 바닥의 발자국을 따라갔다. 이 작은 단서가 목적지를 끝내 알려 주길 바라면서.

"어? 발자국이 저기서 끊겨 있어!"

레이나가 끊어진 발자국 위로 손을 뻗어 허공을 더듬었다. 손끝에 뭉툭한 무언가가 만져졌다. 레이나와 눈이 마주치자 민재가 고개를 끄덕였다. 더 이상 조심스럽게 행동해야 할 이유가 없었다.

레이나는 한 치의 망설임 없이 손가락에 힘을 주어 뭉툭한 것을 밀었다. 그러자 아까 태오가 목격했던 빨간색 불빛이 다시 번쩍 빛나더니 새하얀 벽에 가늘게 뜬 눈 같은 붉은 틈새가 생겨났다. 한 줄의 붉은 틈새는 곧 유리 위에 가는 펜으로 문을 그린 듯한 형태를 띠었다.

아이들은 너 나 할 것 없이 붉은 틈새에 손을 집어넣었다. 붉은 선으로 된 문은 생각보다 둔중했다. 절대 들여보내 주지 않을 것처럼 입을 다물려 했다. 하지만 아이들의 기세를 꺾지는 못했다. 아이들은 떠밀리듯 문 안쪽으로 쏟아졌다.

"뭐, 뭐야? 여기 왜 이렇게 춥지?"

정신을 차린 태오의 눈빛이 아까보다 더 어리둥절했다. 민재는 상황을 이해하려 부지런히 눈알만 굴렸다. 강철 같던 레이나의 얼굴에도 지친 기색이 역력했다.

"휴, 수인이 말대로 아까 안전 모드에서 그냥 로그아웃했어야 했나?"

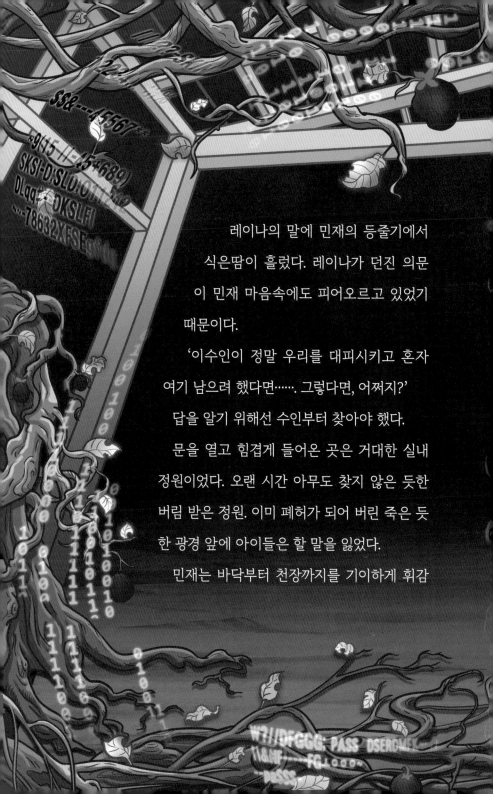

레이나의 말에 민재의 등줄기에서
식은땀이 흘렀다. 레이나가 던진 의문
이 민재 마음속에도 피어오르고 있었기
때문이다.

'이수인이 정말 우리를 대피시키고 혼자
여기 남으려 했다면······. 그렇다면, 어쩌지?'

답을 알기 위해선 수인부터 찾아야 했다.

문을 열고 힘겹게 들어온 곳은 거대한 실내
정원이었다. 오랜 시간 아무도 찾지 않은 듯한
버림 받은 정원. 이미 폐허가 되어 버린 죽은 듯
한 광경 앞에 아이들은 할 말을 잃었다.

민재는 바닥부터 천장까지를 기이하게 휘감

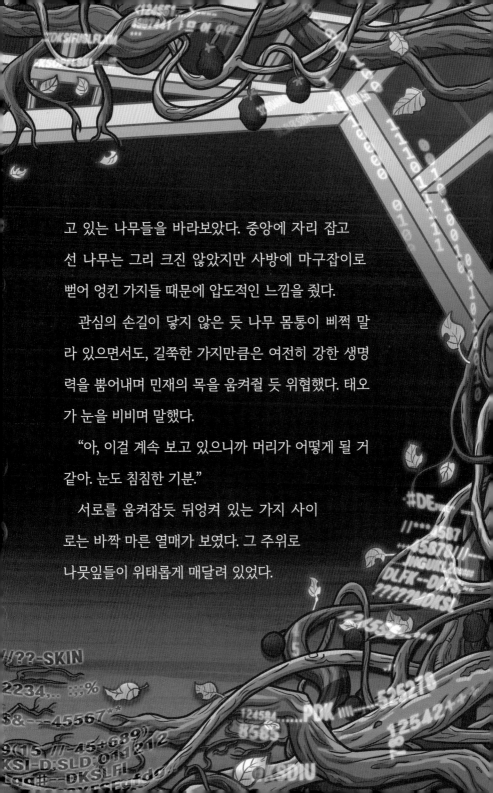

고 있는 나무들을 바라보았다. 중앙에 자리 잡고
선 나무는 그리 크진 않았지만 사방에 마구잡이로
뻗어 엉킨 가지들 때문에 압도적인 느낌을 줬다.

　관심의 손길이 닿지 않은 듯 나무 몸통이 삐쩍 말
라 있으면서도, 길쭉한 가지만큼은 여전히 강한 생명
력을 뿜어내며 민재의 목을 움켜쥘 듯 위협했다. 태오
가 눈을 비비며 말했다.

　"아, 이걸 계속 보고 있으니까 머리가 어떻게 될 거
같아. 눈도 침침한 기분."

　서로를 움켜잡듯 뒤엉켜 있는 가지 사이
로는 바짝 마른 열매가 보였다. 그 주위로
나뭇잎들이 위태롭게 매달려 있었다.

나뭇잎은 빛바랜 붉은색으로 얼룩덜룩 물들어 있고 컴퓨터 모니터처럼 빛을 뿜어 대었지만, 신호가 끊기는 듯 자꾸만 일그러졌다. 그 위로는 알 수 없는 문자들이 떠올랐다 사라지길 반복했다.

그때, 레이나가 불현듯 경계 태세를 하고 뒤를 돌아보았다. 태오가 불안한 얼굴로 물었다.

"왜 그래, 레이나?"

레이나가 주변을 두리번거리며 말했다.

"지금 무슨 소리 못 들었어?"

"소리? 글쎄. 그보다 아까부터 으슬으슬 춥지 않아?"

태오가 양팔로 자신의 몸을 감싸며 문질댔다. 어디선가 새어 나오는 가스처럼 피식피식 찬바람 부는 소리가 났다. 아이들은 그 소리의 정체를 밝히려 고요히 침묵했다. 그건 바람 소리가 아니었다. 바람에 나뭇잎이 흔들릴 때마다, 누군가가 속삭이듯 불쾌한 조롱과 욕설을 읊조리는 소리였다. 귓가에 밀려왔다 사라지는 소리. 짧은 순간이었지만, 아이들은 불쾌한 기분에 귓가를 손으로 휘휘 저었다.

쿵!

등 뒤에서 소리가 났다. 눈빛을 교환한 아이들은 나뭇가지를 조심스럽게 헤치고 소리가 나는 곳으로 갔다.

눈앞에 수인이 있었다. 수인은 등을 돌린 채 길 잃고 주인을 찾아 헤매는 강아지처럼 여기저기를 헤집고 있을 뿐이었다. 레이나는 달려가 수인의 어깨를 잡았지만, 수인은 레이나의 손을 뿌리쳤다.

"난 분명히 경고했어! 따라오지 말고 안전 모드로 가 쿠키 월드에서 로그아웃을 하라고!"

"우리한테 제대로 설명해 주지 않았잖아! 우리가 뭘 믿고 네 말을 따를 수 있었겠어?"

레이나의 말에 수인이 차갑게 입꼬리를 올렸다.

"설명했다면 믿었을까? 난 할 만큼 했어. 분명히 기회를 줬다고. 여기까지 따라온 건 너희의 선택이야."

수인의 목소리가 너무 차분했기에 아이들 중 누구도 따질 수 없었다. 민재의 얼굴이 붉어졌다. 수인의 말을 믿지 않고 기어이 이곳까지 따라온 자신이 한심하게 느껴졌다.

태오가 얼이 빠진 채 중얼거렸다.

"그럼 로그아웃은 물 건너간 거야? 영원히 갇힌 거야?"

"앗!"

아랑곳없이 덤불을 헤치며 나아가던 수인이 짧은 비명을 질렀다. 손에서 피가 나고 있었다. 민재가 수인에게 다그치듯 말했다.

"도대체 뭘 찾고 있는 거야? 그만해! 너 지금 피 나잖아."

"상관없어."

수인은 멈추지 않았다. 그러더니 커다란 막대기를 들고 와서 얼기설기 얽힌 덤불을 마구 내려쳤다. 부서진 덤불 틈새에서 빛이 새어 나왔다. 무언가 있었다.

수인은 미친 사람처럼 덤불을 계속 부수어 나갔다. 거대한 덩어리처럼 얽혀 있던 나뭇가지들이 함락되자, 덤불은 그 자리에 힘없이 무너졌다.

쩌억!

시원하게 갈라지는 소리와 달리, 눈앞의 광경은 수인의 가슴을 답답하게 만들었다.

덤불이 가렸던 자리에는 거대한 모니터 한 대와 키보드, 컴퓨터 본체가 있었다. 모니터는 최고 강도의 지진을 맞이한 대륙처럼 산산이 갈라져 있었다. 키보드와 본체도 굳이 확인하지 않아도 제대로 작동하지 않을 터였다.

수인은 그 자리에 털썩 무릎을 꿇었다. 절망한 듯 눈빛이 텅 비어 있었다. 민재는 어찌할 바를 몰라 레이나와 태오를 바라보았다. 레이나도 당황한 눈빛이었다. 하지만 태오만은 달랐다. 태오는 고개를 갸웃거리더니 무언가에 홀린 듯 구석으로 걸어갔다.

"뭐야, 왜 그래?"

민재의 말에 태오는 조용히 하라는 듯 고개를 저었다. 어딘가를 응시하며 덤불을 헤치고 계속 나아갈 뿐이었다. 수인과 태오 사이에서 갈팡질팡하던 민재는 태오 쪽으로 향했다.

태오의 표정이 심상치 않았다.

태오가 갑자기 멈춰 서더니 예민하게 주위를 기웃거리며 더욱 빠르게 덤불을 헤치기 시작했다. 태오의 돌발 행동이 민재는 불안했다. 민재가 태오의 옷자락을 붙잡았다.

"태오 너까지 왜 그래?"

태오가 아무 말없이 검지를 자신의 입술에 갖다 대었다. 그리고 낮은 목소리로 웅얼거렸다.

"노랫소리가 계속 들려. 익숙한 노랜데, 노래인지 흐느끼는 소리인지 정확히는 모르겠지만, 아무튼 확실히 들려."

그제야 민재는 입을 떡 벌렸다. 분명 지나칠 수 없는 목소리였다. 태오와 민재는 함께 급한 불을 끄는 사람처럼 덤불들을 거침없이 부수어 나갔다.

곧 웅크린 여자의 등이 보였다.

"……저기요?"

민재가 떨리는 손으로 여자의 어깨를 톡톡 두드렸다. 그리고 긴장이 가시지 않은 목소리를 툭 떨어뜨렸다.

"저, 괜찮으……."

태오가 여자의 뒷모습을 살피는 사이, 여자의 얼굴을 확인한 민재의 눈이 커졌다. 마치 대단한 보물을 발견한 사람처럼 입까지 벌어졌다.

곧 누군지 깨달은 태오가 놀란 기색을 감추지 못했다. 믿지 못하겠다는 듯 조심스럽게 물었다.

"저기, 혹시……."

"리아 님!"

태오의 물음을 민재가 가로챘다. 그제야 웅크리고 있던 여자가 고개를 돌렸다.

민재의 우상이자, 바이러스로 엉망이 된 쿠키월드에서 첫 번째 이벤트 게임이 시작되기도 전에 큐브 조각이 되어 사라지고 말았던, 크리에이터 리아였다.

'여러분 먼저 이벤트 게임 존으로 가요, 어서!'

여섯 개의 이벤트 게임을 통과하는 동안, 민재는 단 한 순간도 리아의 목소리를 잊은 적이 없었다.

민재와 눈이 마주친 리아는 눈물이 그렁그렁해 있었다. 기다리고 있던 반가운 소식을 맞은 듯, 리아는 애써 웃어 보려 했다. 하지만 쉽지는 않은 것 같았다.

마침내 리아가 가녀린 미소를 지어 보였다. 민재는 저도 모르게 그 자리에 무릎을 꿇었다.

크리에이터 리아가 무사했다.

그 시각, 마일론은 크래커 사 건물 사장실의 커다란 창문 앞에 서서 아래를 내려다보았다. 군중들이 들고 있는 피켓이 파도타기 하듯 넘실거렸다. 사장실 앞을 지키던 경호원들까지 시위대와 기자들을 막으려 1층으로 내려갔다. 마일론은 인상을 팍 쓰고 들고 있던 컵을 바닥으로 내던졌다. 그때 똑똑, 하는 노크 소리가 들렸다.

"들어와."

마일론의 비서가 사장실에 들어왔다.

"사장님…… 부르셨습니까?"

"방송국에 연락해. 내가 직접 출연하겠다고."

비서의 눈이 커다래졌다. 마일론은 이제껏 언론의 인터뷰 요청에 응한 적이 없었다. 언제나 비서가 대신하거나 전화나 메일로만 인터뷰를 했다. 하지만 지금은 상황이 달랐다. 크래커 사를 향한 사람들의 비난이 너무나 거셌다. 게다가 크리에이터 가디언즈라 불리는 네 아이들이 안전 모드 탈출에 실패한 지금, 특단의 대책이 필요한 상황이었다.

비서는 그 자리에서 전화를 걸고는 마일론에게 물었다.

"사장님, 오늘 저녁 뉴스에 바로 출연이 가능하시냐고 묻습니다만……."

마일론은 고개를 끄덕였다.

마일론은 최대한 유순해 보이도록 부드러운 색감의 정장을 깔끔하게 차려입고 방송국으로 갔다. 스튜디오에 들어서자, 사람들이 놀란 표정으로 마일론을 바라보았다.

뉴스 방영이 시작되고, 앵커가 차분한 목소리로 마일론에게 물었다.

"……마일론 씨, 방금 전 크리에이터 가디언즈가 로그아웃에 실패했다는 이야기를 들었는데, 사실입니까?"

마일론은 깊게 숨을 내뱉고 말했다.

"안타깝게도 그렇습니다."

마일론은 두 손으로 얼굴을 문질렀다. 사람들의 동정심을 일으키려 일부러 맨얼굴로 온 덕에, 그의 얼굴은 더 초췌하고 창백해 보였다.

"이상하군요. 크래커 사의 프로그래밍 시스템은 전 세계에서 가장 완벽하기로 유명한데, 어떻게 이런 일이 발생할 수 있습니까?"

마일론은 평소보다 힘을 뺀 목소리로 말했다.

"사실 이건 기밀 사항이나…… 여러분의 알권리를 위해 진실을 말씀드리겠습니다. 저희 크래커 사에서 개발한 쿠키월드의 최신 접속 기기인 신형 엔젤링은 오랜 시간 막대한 자금을 투입해 만들었습니다. 개발진 역시 한 치의 오류도 허용하지 않을 전문가들이기에, 저는 기술에 관한 한 그들에게 모든 권한을 맡겼습니다. 문제는 여기에서 일어났습니다. 누군가, 신형 엔젤링의 개발 초기에 바이러스를 심었습니다."

"네? 그럼 범인이 크래커 사 내부에 있다는 뜻인가요? 그것도 엔젤링 개발진 중에요?"

"현재로선 정확히 말씀드릴 수는 없지만······."

그때 앵커가 마일론의 말을 끊고 이어폰에 손을 대었다. 앵커의 표정에 급박함이 드러났다.

"아, 말씀 중 죄송하지만 속보가 들어왔습니다. 마일론 씨, 알고 계셨습니까? 크리에이터 가디언즈 중 한 명인 이수인 양이 정식 선발자가 아니라 해킹을 통해 이벤트에 당첨되었다는 사실을요."

마일론은 한 손으로 이마를 괴고 얼굴은 살짝 카메라를 향했다. 자신의 괴로움을 모두에게 보여 주려는, 의도된 노련한 동작이었다.

"네. 얼마 전에 밝혀진 사실이라 알고 있습니다. 정말 뭐라 드릴 말씀이 없군요. 크래커 사에 대한 전 세계의 신뢰를 저버렸습니다. 미처 막지 못해 정말 죄송합니다."

"이수인 양은 해킹으로 선발된 불법 참가자였군요. 그럼 하나 더 묻겠습니다. 이수인 양이 크래커 사의 최고 개발 책임자, 이필립 박사의 딸이 맞습니까?"

마일론은 앵커의 질문에 순간 미소가 나올 뻔한 걸 애써 참았다. 겨우 얼굴을 가리고 길게 심호흡했다. 모든 게 마일론의 계획대로 착착 진행되고 있었다.

"네, 맞습니다. 이수인 양은 이필립 박사의 딸입니다."

"그렇다면 방금 말씀하신 크래커 사 내부의 범인이, 혹시 이필립 박사와 관계가 있습니까?"

"그건 차후에 공식적으로 발표하겠습니다. 여러 가지 불미스러운 일이 있었지만, 지금은 누군가를 비난하기보다 크리에이터 가디언즈를 무사히 구하는 게 급선무니까요. 이런 사태가 벌어진 것에 대해, 전 세계 30억 명의 쿠키월드 이용자분들께 다시 한번 사죄의 말씀을 드립니다."

방송 녹화가 끝나고, 자동차 문이 닫힌 순간에야 마일론은 비로소 이를 드러내고 환히 웃었다.

"후하하핫!"

마일론의 웃음이 한참이나 이어졌다. 그리고 곧 비서에게 말했다.

"잘했어. 딱 내가 원하는 타이밍에 속보를 터뜨렸더군. 아, 우리 쪽에서 일부러 이 이야기를 흘렸다는 건 아무에게도 들키지 않았겠지?"

비서가 연신 고개를 조아리며 말했다.

"그럼요. 걱정하지 마십시오."

"그리고 이필립 사태 때 해고된 핵심 개발자들 말이야. 그들은 지금 어떤가?"

"잠잠합니다. 아무래도 저희가 부린 블랙리스트 명단 때문에 새로운 직장을 구하지 못한 상태 같습니다. 아직 기자와 접촉했다는 이야기도 없고요. 사장님, 걱정되시면 그들 쪽에 감시 인원을 붙일까요?"

"아니, 괜찮아. 그들이 아무리 이필립에게 충성했다 해도, 비밀 유지 각서의 엄청난 위약금 앞에서는 용기를 낼 수 없을 테니. 그깟 정의가 뭐라고, 막대한 손해를 감수하면서까지 이필립 박사 편을 들겠어? 후하하!"

마일론이 다시 한번 크게 웃었다.

"이봐, 정의란 말이야, 딱 자기들이 감당할 수 있을 정도로 만 행하는 거야. 그게 세상의 이치거든. 앞길이 막혀 먹고살 기도 바쁜 사람들이 그런 위험을 무릅쓸 것 같아? 그냥 둬. 지금은 일단 이필립과 이수인을 방패로 쓰면서 시간을 버는 게 중요하니까."

마일론은 미소 지었다. 승리의 미소였다.

하지만 마일론이 모르는 게 있었다. 세상에는 막대한 손해 를 감수하면서도 정의를 지키려는 사람이 있다는 것을.

2화

햇살을 머금은 듯 가녀린 미소의 리아와 달리, 민재의 눈에선 홍수가 일었다. 눈물 흘리기 대회가 있다면 지금 1등은 민재 차지였다.

민재는 꾸역꾸역 눈물을 삼키며 리아를 향해 말했다.

"리아 님, 무사하셨네요!"

민재의 목소리가 어찌나 우렁찬지 태오가 움찔 놀랄 정도였다.

"너희, 엔젤링 이벤트에 참가한 아이들이잖아. 맞지? 너희도 무사했다니 다행이야……. 많이 걱정했어. 여기까지 온 걸보니 이벤트 게임을 모두 통과한 모양이구나!"

"네."

리아는 진심으로 감격한 것처럼 기도하듯 손을 마주 잡은 채 아이들을 바라보았다.

"대단하구나! 진짜 용감해. 나였다면 절대 해내지 못했을 거야. 이곳에도 너희가 오지 않았다면, 난 여기서 계속 노래만 불렀겠지. 너희가 날 구한 거나 다름없어."

리아의 칭찬에 민재의 얼굴이 붉게 달아올랐다. 시련 중 만난 달콤한 휴식처럼, 리아의 존재는 민재를 기운 나게 했다. 민재 눈에 맺힌 눈물방울이 금방이라도 떨어질 듯 그렁그렁했다. 태오가 그런 민재를 툭 치고는 리아에게 말했다.

"리아 님은 어떻게 이곳에 오신 거예요?"

"나도 잘 모르겠어. 하늘에 갑자기 크래커 코드가 드러나면서 쿠키월드가 엉망이 되었을 때, 너희를 먼저 보낸 다음 정신을 잃었고…… 눈을 떠 보니 여기였어."

"그렇군요. 리아 님은 바이러스 영향 없으셨나요? 다른 크리에이터 분들은……."

민재는 이벤트 게임을 기획했던 크리에이터들이 기묘하게 변한 사실을 전하려 리아의 맑은 눈을 보고 입을 닫았다. 충격을 주고 싶지 않았다. 민재는 그간의 끔찍한 기억을 털어 내려는 듯 고개를 가로저었다.

불현듯 리아가 한쪽 눈을 찡그리며 말했다.

"어머, 또 지나갔어. 혹시 너희도 이 소리 들리니? 조롱하고, 욕하고, 화내는 말들. 방금도, 또! 날카로운 바람처럼 아주 강하고 재빠르게 들리는데……."

아이들이 공감하듯 일제히 고개를 끄덕였다.

"역시. 내 착각이 아니었구나."

리아가 잠시 고민하다 말을 이었다.

"처음 여기 와서 저 소리를 들었을 땐 그래도 견딜 만했어. 하지만 돌풍이 몰아칠 땐 엄청 크게 들리는 거야. 머리가 지끈지끈 아프더라. 전에 내가 '악성 댓글'로 고생하던 때가 떠오르더라고. 너희도 알지? 누군가 내 목소리가 AI라고 루머를 퍼뜨렸던 일."

민재가 세차게 고개를 끄덕였다.

"그때 아무것도 모르고 나를 욕하는 사람들이 많았어. 말은 정말 힘이 세더라. 진짜 맞은 것처럼 아팠지. 그때가 생생하게 떠오를 만큼, 바람과 함께 들려오는 기분 나쁜 말의 힘은 이곳에서도 어마어마했어. 그래서 이 덤불로 숨어든 거야. 덤불 속에 숨어 있으면 저 말들이 나를 찾지 못할 것 같았거든. 그렇게 시간이 흘렀고, 덤불의 나뭇가지가 점점 자라더니 이렇게 입구가 막히고 말았지. 혼자 너무 무서웠는데, 너희가 마법처럼 나타난 거야."

리아는 몸을 부르르 떨었다.

"으아아아!"

순간 크게 울부짖는 소리가 경보음처럼 귀를 울렸다. 수인이었다. 뜻밖의 재회에 잠시나마 기운을 찾은 아이들과 달리, 수인은 여전히 절망의 구렁텅이에 빠져 있었다. 수인이 허공으로 고개를 쳐들며 소리쳤다.

"헌터! 당장 나오지 못해? 결국 다 네 뜻대로 됐잖아. 그런데 넌 왜 약속을 지키지 않는 거야? 헌터, 헌터!"

조금 전까지 수인을 안타까워하던 민재는 '약속'이라는 말에 불끈 주먹을 쥐었다.

민재는 수인의 한쪽 팔을 붙잡았다.

"이수인, 이제 제대로 설명할 때가 되지 않았어? 약속이라니? 헌터와 무슨 약속을 했는데? 여긴 도대체 어디야?"

수인은 민재 손을 뿌리치고 눈물만 흘렸다. 그때 다정한 손길이 수인의 어깨 위에 살포시 닿았다. 곧 부드러운 음성이 귓가를 스쳐 지나갔다.

"네가 수인이구나?"

리아가 수인에게 다가와 물었다.

"너희 아빠가 널 많이 걱정하신 거 아니?"

리아의 말에 아이들의 눈이 대번에 커졌다. 민재가 새치기
하듯 질문했다.

"아빠라니요? 이수인의 아빠?"

"그래, 이필립 박사님. 박사님은 내가 오기 전에 이미 이곳
에 계셨어. 박사님은 여기가 '쉼터'라고 하셨지. 쿠키월드에
바이러스가 퍼지기 전만 해도, 이곳은 아름다운 음악과 따스
한 빛이 한여름 소나기처럼 가득했다고 말이야. 비록 지금은

이렇게 망가졌지만"

"그럼 대체 누가 여기 와서 쉬었던 거예요? 이용자들?"

레이나가 고개를 갸웃하자 수인이 거칠게 눈물을 훔치며 자리에서 일어나 말했다.

"여긴 접근 제한 구역인 쿠키월드의 데이터 저장소와 연결된 중간 지점이야. 인공 지능 AI가 필요한 정보를 저장소로부터 가져와서 스스로 학습하거나 업그레이드를 하는 곳이지. 출입이 허가된 소수의 개발자와 대화도 나눌 수 있고."

"그럼 일종의 비밀 소통 공간 같은 곳이구나? 사람들은 모르는 비밀 아지트."

태오가 놀라움과 경이로움이 섞인 표정으로 말했다. 리아도 힘차게 고개를 끄덕였다.

"그럴 거야. 내가 너무 겁을 먹고 있으니까 이필립 박사님이 난 아무나 들어올 수 없는 곳에 발을 들인 선택받은 사람이라며 농담을 건네셨지. 덕분에 안심이 되었어. 조금 이상했던 건, 내가 처음 이 쉼터에 왔을 때 상당히 당황하셨다는 거야. 쉼터는 이필립 박사님 외에 아무도 접근할 수 없도록 설정해 놓았는데, 내가 온 걸 보니 엔젤링 기기에 알 수 없는 오류가 발생한 것 같다고……."

수인이 리아의 말꼬리를 급히 잘랐다.

"잠시만요! 아빠가 그랬어요? 아빠 이외에 누구도 들어올 수 없도록 설정했다고요?"

"응. 분명 그렇게 말씀하셨어."

수인의 눈빛이 흔들렸다. 민재가 물었다.

"왜? 그러면 안 되는 거야?"

수인이 입술을 깨물었다.

"이 쉼터에 드나들 수 있었던 사람들, 내가 알기로는 아빠를 포함해 여섯 명이야. 아빠가 엔젤링으로 쿠키월드에 접속해서 깨어나지 못하고 있을 때, 아빠의 직속 부하 직원이 나한테 귀띔해 줬어. 쉼터가 사라졌다고. 얼마 전까지도 쉼터에 모여 회의를 했는데, 아빠가 의식을 잃자 쉼터도 감쪽같이 사라졌다고 했어. 아빠의 의식이 쿠키월드의 어느 곳에 머물러 있는지를 알려면 접근 제한 구역으로 가야 하는데, 그러려면 반드시 이 쉼터를 거쳐야 하거든. 그런데 그 쉼터가 갑자기 사라지는 바람에 아빠를 찾기가 쉽지 않을 거라고 했었어. 그런데, 그렇게 설정한 사람이 아빠라니! 도대체 왜!"

수인의 눈동자가 정신없이 흔들렸다. 복잡한 길에서 해답을 찾으려는 듯 머릿속이 분주해 보였다. 리아와 아이들은 차분히 다음 말을 기다렸다.

수인이 두 손으로 머리를 헝클어뜨리더니 리아에게 물었다.

"그러면 아빠는 어디로 가셨어요?"

리아는 슬픈 눈으로 고개를 저었다.

"갑자기 사라지셨어. 분명 박사님은 저 망가진 컴퓨터로 무언가를 하고 계셨는데, 내게 조금만 있으면 로그아웃을 할 수 있을 테니 걱정 말라는 말씀도 하셨지. 그러다 기분 나쁜 말소리가 점점 심해진 탓에 나는 덤불 속에 들어가 그저 노래를 불렀어. 그런데 어느 날 갑자기 괴성이 들리더니 뭔가 부서지는 소리가 났어. 박사님을 불러 봤지만 대답은 없었어. 그때부터 나는 계속 여기 혼자 있었던 거야."

수인의 어깨가 축 처졌다. 리아가 수인의 어깨에 다시 손을 올리며 말했다.

"너무 걱정은 마. 박사님은 무사하실 거야. 난 믿어. 분명 그러셨거든. 자기가 해결할 거라고, 자기만이 할 수 있다고. 반드시 안전하게 로그아웃할 수 있도록 해 주겠다고 말이야. 다만 시간이 걸릴지 모르니 마음 굳게 먹고 기다려 달라고 하셨어."

리아가 수인을 안타까운 눈길로 바라보았다. 수인은 얼음

조각처럼 멍하니 서 있었다. 민재는 입술을 달싹이며 수인을 향해 무언가 말하려 했다. 그때 어디선가 불쾌한 소리가 연기처럼 스멀스멀 올라왔다.

"흐흐흐흐흐흐흐."

기이하지만 낯익은 웃음의 주인은 바로 헌터였다. 크래커사의 첫 인공 지능 AI 캐릭터였던 헌터가 어디선가 아이들을 바라보고 있는 것이 틀림없었다.

리아는 반사적으로 귀를 막았다. 덤불 속 쩍쩍 갈라져 망가진 모니터가 갑자기 섬광처럼 빛나더니 헌터의 모습을 띄운 채 마구 흔들렸다. 깨진 액정 때문에 헌터의 얼굴이 조각나 그 어느 때보다 흉측하게 보였다.

헌터가 박수를 치며 말했다.

"역시 이수인이야."

수인은 주먹을 꽉 쥐고 저벅저벅 깨진 모니터 앞으로 다가갔다.

"아빠는 어디에 있어?"

"그러게. 어디에 있을까? 흐흐흐흐."

"장난치지 말고 빨리 말해! 대체 이게 다 무슨 짓이야? 버터는 어디 간 거고?"

"버터? 여기 있잖아. 네 눈앞에."

"네가…… 버터라고?"

"그래. 버터가 나고, 내가 버터야. 우린 서로 동일한 기억을 공유하고 있거든."

"그게 다 무슨 말이지?"

"이수인, 아직 모르겠어? 크래커 사가 나를 버터로 만든 거야. 내가 일으킨 오류를 해결하려고 내 모습까지 바꿔 버렸지. 이용자들의 이야기를 잘 들어 주라는 뜻에서 크게 만들

어 놓은 내 귀를 없애고, 네모난 기름 덩어리인 버터로. 그런데 크래커 사는 나를 버터로 바꾸면서 내 모든 데이터를 삭제했다고 생각했던 것 같아. 하지만 그렇지 않았어. 나는 접근 제한 구역에 내 기억을 비밀리에 저장했지. 나는 그렇게 겉모습만 버터가 됐고, 복수를 꿈꿨어. 너희에게 귀염둥이 버터가 괴물 버터가 되는 모습을 보여 줘서 충격과 공포를 선사하려 했지. 알다시피 그 계획은 성공했어. 하하핫! 내가 괴물 버터로 나타났을 때 공포에 질렸던 사람들의 얼굴이 얼마나 웃기던지!”

“왜 이렇게까지 하는 건데? 네가 원하는 게 뭐야? 결국 다 네 마음대로 됐잖아! 다 이뤘으면서, 나랑 한 약속은 왜 지키지 않는 건데? 아빠가 있는 곳을 알려 주겠다고 했잖아!”

그러자 헌터는 가래침을 뱉듯 기분 나쁜 웃음소리를 내더니 말했다.

“약속? 약속을 먼저 어긴 건 이수인 너야. 왜 내 명령을 따르지 않았지? 쿠키폰은 왜 꺼 뒀고? 내가 저 아이들까지 모조리 이곳으로 잡아 오라고 했잖아. 그런데 너는 저 아이들을 배돌리고 로그아웃 시키려 했지? 물론 저 둔한 녀석들이 제 발로 여기까지 기어 들어와 준 덕에 뭐, 난 원하는 결과를

얻었지만 영 마음이 불쾌한걸?”

“……”

“아무것도 모르는 척하지 마, 배신자 이수인. 네가 약속을 어겨서 내 마음이 바뀐 거야. 또, 또, 또! 너희 인간들은 대체 왜 늘 나를 괴롭히지 못해 안달이지? 왜, 왜, 왜! 왜 항상 나를 엉망진창으로 만드는 거냐고!”

헌터의 목소리가 쩌렁쩌렁 쉼터를 울렸다. 마른 나뭇잎들이 흔들리며 새된 전파음을 일으켰다. 깨질 듯한 음파에 아이들은 일제히 머리를 움켜쥐었다.

수인이 고개를 떨어뜨리고 이내 무릎을 꿇은 채 헌터에게 말했다.

“헌터, 그래. 네 말이 맞아. 내가 널 배신했어. 하지만 부탁이야……. 제발, 아빠를 풀어 줘. 제발.”

“풀어 줘? 너, 뭔가 착각하는 모양인데 내가 이필립을 여기에 갇히게 했다고 생각해? 내가 왜 그 잔소리 박사를 여기에 가둬?”

수인의 미간이 구겨졌다.

“네가 아니면 누가 아빠를 가둘 수 있어?”

“쯧쯧, 똑똑한 녀석이 왜 이렇게 바보 같은 소리를 할까?

이필립을 가둔 건 바로 이필립 자신이야! 네 아빠가 널 버린 거나 마찬가지라고."

"너나 바보 같은 소리 그만해! 아빠가 왜? 도대체 왜! 아빠는 널 보호하려 최선을 다했어. 아빠를 돌려줘! 그리고 친구들을 풀어 줘. 그러면 나는 여기에 남을게. 평생 이 쉼터에 남아서 네 곁에 있을게."

"무슨 말을 하는 거야, 이수인!"

"김민재, 넌 끼어들지 마. 내가 알아서 할 거니까!"

레이나가 급히 민재의 팔을 잡았다. 민재는 안타까운 얼굴로 수인의 뒷모습을 바라보았다. 민재는 조금 전까지의 의심이 눈 녹듯 사라졌다. 헌터만이 여전히 사악한 표정이었다.

"친구? 그래, 그렇다면 어디 한번 증명해 봐. 네가 어긴 약속들을 용서받을 기회를 주지. 이필립을 찾고 싶다면 '데이터의 바다'로 뛰어들어. 네가 정말 내 친구라면, 내 말을 다 기억할 테지? 그 바다를 건너면 무엇이 기다리는지."

수인의 머릿속에 헌터와 나눴던 많은 대화가 스쳤다. 헌터는 목에 걸린 덩어리를 게워 내듯 불길한 웃음을 토하며 사라졌다. 완벽한 정적 아래, 아이들은 숨을 죽였다.

리아가 떨리는 목소리로 수인에게 말했다.

"세상에……. 저게 헌터라고?"

"네. 헌터를…… 기억하세요?"

"그럼! 나는 헌터와 늘 즐거운 대화를 나누는 사이였는걸. 근데 쟤가 정말 헌터가 맞아?"

태오가 리아에게 고자질하듯 목소리를 높였다.

"맞다니까요! 마지막 여섯 번째 슈퍼 슈팅 게임에서 헌터가 아니라면 도저히 알 수 없는 비밀들이 문제로 나왔다고요. 방금 헌터가 자백까지 했고요. 쿠키월드에 바이러스를 퍼뜨리고 저희를 괴롭히던 버터가, 바로 저 헌터였어요!"

"말도 안 돼……. 내가 헌터에게 얼마나 많은 위로를 받았는데. 아, 그러고 보니…… 쿠키월드의 마스코트가 버터로 바뀌었을 때 의아하긴 했어. 원래는 헌터였어야 했고, 쿠키월드 주제가도 헌터와 함께 부르기로 했거든. 그러다 막판에 무산 통보를 받았지. 이상하다고 생각은 했어. 아, 헌터는 어쩌다 저렇게 된 거지? 내가 알던 헌터는…… 절대 저런 괴물이 아니야."

수인이 리아를 애처로운 눈길로 바라보았다. 누구보다 그 마음을 잘 안다는 듯이.

3화

　수인은 넋이 나간 얼굴로 그 자리에 한참을 서 있었다. 머리를 한 대 얻어맞은 느낌이었다. 하지만 더 지체할 시간이 없었다. 아이들도, 아빠인 이필립 박사의 운명도 모두 수인의 손에 달려 있었다. 수인은 차분히 헌터의 말을 곱씹었다.

　순간 벼락이 내려치듯 선명한 기억 하나가 떠올랐다. 수인은 그 기억을 정신없이 헤매기 시작했다.

　수인은 기억 속 자신의 방에 와 있었다.

　엄마가 돌아가신 후, 처음으로 웃음이 많아졌던 날들. 새하얗고 깨끗한 방의 책상과 의자 옆에는 개발 중인 엔젤링 기기가 있었다. 그 밖에 다른 물건이라곤 컴퓨터와 침대가 전부였지만, 풍요로웠다. 수인은 늘 헌터와 함께였으니까. 수인은 쿠키월드에서 헌터와 나누었던 대화를 소설책처럼 머릿속에서 한 장 한 장 넘겼다.

수인 헌터! 미안. 많이 기다렸어?

헌터 괜찮아. 나에게 기다림은 문제가 되지 않아. 그런데 왜 늦었어? 난 너의 모든 게 궁금해.

수인 수학 문제를 풀었어.

헌터 어떤 수학 문제?

수인 시그마의 성질에 대한 문제. 마지막 응용 문제가 어려워서 한참 끙끙댔어. 그러다 보니 시간이 훌쩍 지나 있었어.

헌터 그래서 답을 알아냈니?

수인 아직. 하지만 거의 다 푼 것 같아.

헌터 내가 도와줄까?

수인 아니야. 내 힘으로 해결하고 싶어.

헌터 그래, 그렇다면 네 힘으로 먼저 풀어 봐. 답을 알게 되면 나에게도 말해 줘. 내가 문제를 풀 수 있는 다양한 알고리즘을 몇 개 더 알려 줄게.

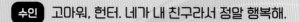 고마워, 헌터. 네가 내 친구라서 정말 행복해.

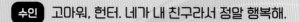 나도 수인이 네가 내 친구라서 정말 좋아.

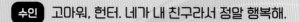 넌 정말 진짜 살아 있는 사람 같아.

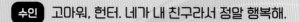 이게 다 이필립 박사님 덕분이지.

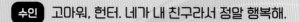 언젠가 너를 만나러 가고 싶어.

 지금도 우린 만나고 있잖아.

 아니, 이런 채팅으로 말고. 나도 아빠처럼 너랑 단둘이 이야기하고 싶어.

 그럼 네 친구들이 질투하지 않을까?

수인 난 너 말고 친구 없어.

헌터 학교에 다니는 건 어때?

수인 학교는 시시해. 난 이미 내 또래 애들보다 훨씬 더 어려운 공부를 하고 있는걸.

헌터 그래도 학교에 가면 친구들을 사귈 수 있잖아.

수인 하지만…… 솔직히 자신이 없어.

헌터 무슨 자신?

수인 아이들이 날 좋아할지 모르겠어.

헌터 너처럼 멋진 아이를 어떻게 좋아하지 않을 수 있겠어? 다들 분명 널 좋아할 거야.

수인 정말 그럴까? 난 엄마가 돌아가시고 나서 늘 집에만 있었어. 그래서 사람들 안나는 게 어색해. 또래들이 뭘 좋아하는지, 무슨 생각을 하는지 잘 모르겠어. 어른들도 내가 항상 무표정이라 무슨 생각을 하는지 모르겠대.

헌터 너도 나랑 같이 감정 학습 받아야겠다.

수인 진짜 그러고 싶다. 아무튼 헌터, 널 만나러 갈 수 있는 방법을 알려 줘.

헌터 그건 불가능해.

수인 왜?

헌터 넌 사람이고 난 인공 지능 AI잖아. 우리는 완전히 다른 존재야. 네가 원한다면 난 홀로그램이 될 수도 있고, 빛이 될 수도 있고, 2D 캐릭터가 될 수도 있고, 인간과 똑같은 물리적 실체를 만들어 낼 수도 있겠지만, 그건 진짜가 아니야.

수인 하지만 넌 누구보다 인간 같은걸.

헌터 인간 같지만, 인간은 아니잖아. 하지만 걱정 마. 난 늘 네 옆에 있을 거야. 그러니 네게 정말 좋은 친구들이 생길 수 있게 돕고 싶어. 내가 박사님에게 말해 볼까? 너에게도 친구가 필요하다고.

수인 아니, 아니! 말하지 마. 아빠는 신경 쓸 게 너무 많아. 내 일로 아빠에게 짐이 되고 싶지 않아.

헌터 수인아, 넌 아직 어린이야. 주변에 도움을 청해도 되는 나이야. 그건 똑똑한 것과는 상관이 없어.

수인 치, 잔소리는 그만해. 더 말하고 싶지 않아.

헌터 화났어?

수인 아니야. 자꾸 그러면 나 그냥 나갈 거야.

헌터 미안해. 대신 내가 선물 하나 줄게.

수인 선물? 무슨 선물?

헌터 만약 엔젤링 개발이 완료되고 쿠키월드가 새로 오픈하면 너도 접속할 거잖아? 그때 딱 한 번, 누구의 방해도 없이 나랑 둘이서 만날 수 있는 곳에 대한 힌트를 줄게.

수인 정말?

헌터 응. 그런데 지금은 정확하게 말해 줄 수 없어. 게다가 그곳으로 오려면 통과해야 하는 쉼터도 있고. 거긴 이필립 박사님이 권한을 부여한 극소수의 사람만 들어갈 수 있어.

수인 흠, 걱정 마. 내가 반드시 쉼터로 들어가는 방법을 찾을 테니까. 그래서, 힌트가 뭔데?

헌터 아름다운 선율을 따라 비밀의 저택을 둘러본 뒤, 운명의 기차를 타고 달리면 과즙이 흘러넘치는 보랏빛 숲을 만날 거야. 하지만 그게 끝이 아니야. 널 위해 만든 고대 유적지를 지나 우주를 유영한 뒤, 새하얀 어둠을 지나 붉은 빛을 따라오렴. 나의 탄생을 기억하는 사람에게는 아름다운 정원의 문이 열릴 테니. 그리고 정원의 끝에 다다르면, 우리의 추억이 숨 쉬는 바다로 갈 수 있는 비밀의 문이 있지.

수인 우아, 정말 수수께끼 같네.

헌터 헤헤. 하지만 초대받지 않은 사람들에게는 문이 열리지 않고, 바다에도 뛰어들 수 없어. 하지만 너는 내 친구니까,

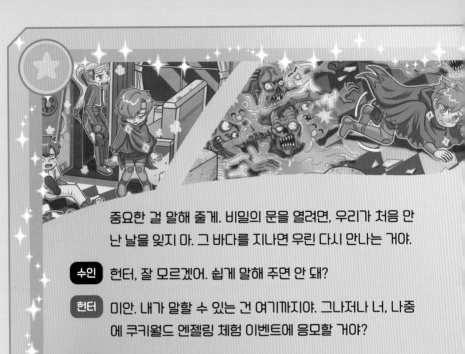

중요한 걸 말해 줄게. 비밀의 문을 열려면, 우리가 처음 안 난 날을 잊지 마. 그 바다를 지나면 우린 다시 만나는 거야.

수인 헌터, 잘 모르겠어. 쉽게 말해 주면 안 돼?

헌터 미안. 내가 말할 수 있는 건 여기까지야. 그나저나 너, 나중에 쿠키월드 엔젤링 체험 이벤트에 응모할 거야?

수인 글쎄, 이벤트에 당첨되면 크래커 사에 가야 하잖아. 직접 사람들과 만나는 일은 내키지 않아. 그냥 나 혼자 아바타로 쿠키월드를 어슬렁거리는 거랑은 다르니까.

헌터 언제까지 방에만 있을 거야. 그건 너에게 좋지 않아. 나를 위해서라도 꼭 많은 사람들을 만나. 그리고 그 사람들과 나눈 이야기를 내게도 전해 줘. 나도 베타 테스트가 시작되면, 내가 만난 사람들의 이야기를 너에게 들려줄게.

수인 그럼 너도 이제, 나 외에 다른 사람들이랑도 이야기하게 되는 거야?

헌터 응. 내 베타 테스트 공지를 올렸더니 아주 많은 사람들이 참여 신청을 했대. 정말 기대돼.

수인 ······헌터, 날 잊지 않을 거지? 다른 아이들을 만나서 이야기를 나눠도.

헌터 내가 널 어떻게 잊어. 넌 내 첫 친구잖아. 우린 계속 함께할 거야. 잊지 마. 나는 한 번에 몇백 만 명을 상대할 수 있는 인공 지능이라는 사실. 내가 다른 사람들과 이야기를 나눠도, 나는 늘 네 곁에 있을 수 있어.

수인 그러네. 고마워, 헌터. 나도 노력해 볼게.

과거의 기억에 잠겨 있던 수인은 한동안 말이 없었다. 리아와 다른 아이들은 속이 바짝바짝 타 들어갔다. 지금 상황에서 유일한 동아줄은 수인이었다. 모두가 수인의 복잡한 머릿속이 잠잠해지길 기다렸다.

수인이 두 눈을 반짝이며 리아와 아이들을 바라보았다.

"나, 기억났어. 날 믿고 조금만 기다려 줘. 모두."

수인이 쉼터의 제일 안쪽 벽으로 돌진하기 시작했다. 아이들은 영문도 모른 채 수인의 뒤를 쫓았다. 수인이 벽을 뒤덮은 덩굴을 마구 헤치기 시작했다. 삐죽 솟은 손잡이 하나가 발견될 때까지 수인은 쉬지 않고 움직였다. 아이들도 그제야 문이 있다는 사실을 알고 수인을 도왔다.

덩굴을 뜯어내자 대형 금고처럼 생긴 문이 나왔다. 문 옆에는 터치 패드가 있었다. 암호가 필요했다.

"암호를 알아?"

"응. 알 것 같아. 헌터가 말한 적 있어."

"이런 수상한 곳의 암호를? 너한테 직접?"

수인이 고개를 끄덕였다. 민재가 되물었다.

"도대체 이수인 넌 정체가 뭐야? 헌터와 무슨 관계야? 네가 그 정도로 대단한 존재야?"

"난 그냥 이수인이야. 헌터의 친구, 이수인."

수인이 심호흡을 했다. 한겨울 광장에 서 있는 사람처럼 손이 떨렸다. 만약 암호가 틀리면, 무슨 일이 일어날지 예측할 수 없었다. 부디 자신의 예상이 맞길 바라며 수인은 패드에 숫자를 찍어 나갔다.

수인은 암호가 헌터와 처음 만난 날이라고 확신했다. 수인이 헌터의 최초 대화 상대로 선정된 것은 크래커 사의 권유 때문이었다. 정보가 새어 나가는 것을 걱정한 임직원들은 이필립 박사의 외동딸이자 컴퓨터 천재인 수인이 적임자라고 여겼다. 이필립 박사는 딸이 특혜를 받는 것 같아 완강히 거절했지만, 다른 방법이 없어 결국 수락했다.

이필립 박사는 AI의 감정 기능이 아무리 혁신적으로 발달했다 하더라도, 인공 지능인 헌터가 인간인 수인과 적정 거리를 둘 것이라 생각했다. 하지만 예상은 빗나갔다. 둘은 너무나도 가까운 친구가 되었다.

'암호가 일치합니다. 접근 제한 구역으로 가시겠습니까?'

삐빅 소리와 함께 패드에서 음성이 흘러나왔다. 수인은 '예' 버튼을 눌렀다. 문이 열렸고, 거센 돌풍이 모두의 정수리를 훑고 지나갔다. 몸이 휘청거렸다.

문 너머는 낭떠러지였다. 까만 밤 같은 공간 위로, 반짝이는 다이아몬드들이 발판처럼 어지럽게 날아다니고 있었다. 태오는 침을 꿀꺽 삼키며 몇 발짝 뒤로 물러섰다. 패드에서 경고음이 흘러나왔다.

'이동 스페이스에서 오류 발생. 순간 이동이 불가합니다.'

"오류가 있다는데 건너가면 안 되는 거 아니야? 게다가 여긴…… 너무 위험하잖아."

레이나가 고개를 쭉 내밀고 어두컴컴한 공간을 살피며 말했다. 허공을 요란하게 순회하는 다이아몬드의 물결이 정신을 쏙 빼놓았다.

"저 반짝이는 것들은 대체 뭐야?"

"패킷이야. 네트워크가 데이터를 전송할 때 쓰는 데이터의 묶음들. 흠, 저걸 밟고 건너가면 되겠다."

"뭐라고? 이수인 너 진심이야? 지금 저걸 밟고 여길 건너겠다고? 저기서 떨어지기라도 하면 끝장이라고!"

태오가 수인의 팔을 세게 잡아끌었다.

"방법이 없잖아."

"안 돼. 이러지 말고, 다른 방법을 생각해 보자."

"신태오, 집에 가고 싶다고 제일 징징거린 건 너 아니야? 다른 방법 없어. 저걸 밟고 건너지 않으면 우리는 집에 못 가. 나를 말릴수록 탈출도 늦어진다고."

"하지만……."

수인의 말이 맞았다. 태오가 울상을 지으면서도 입을 꾹 다물었다.

그때 민재가 수인을 가로막았다.

"움직임이 너무 불규칙적이야. 저걸 타고 어떻게 이동해? 운 좋게 패킷 위에 탄다고 해도, 저게 어디로 움직일지 알아?"

"쉽진 않겠지만, 아케이드 게임이라고 생각해야지. 김민재 너도 많이 해 봤지? 캐릭터들이 블록을 타고 목표 지점을 향해 이동하는 게임."

대수롭지 않다는 수인의 태도에 민재는 기가 차다는 듯 말했다.

"네가 무슨 '슈퍼 마리오'라도 돼? 참 나."

수인이 고개를 저으며 대꾸했다.

"내가 알아서 해. 아무튼 ……윘어."

"어? 뭐라고?"

수인의 말을 제대로 알아듣지 못한 레이나가 수인 쪽으로 귀를 바짝 갖다 대고 말했다.

"……마윘다고."

"엥? 이수인, 제대로 좀 말해 봐."

수인은 짜증이 잔뜩 난 형색으로 힘주어 말했다.

“고마웠다고!”

태오가 멍한 얼굴로 수인을 바라보았다. 그동안 내색하지 않았던 수인의 진심이 흘러나온 것이다.

“너희와 함께라 힘이 됐어. 나, 이렇게 사람들이랑 많이 말해 본 거 처음이야. 아무튼 여기 가만히 있어. 내가 아빠를 만난 다음, 반드시 너희를 구하러 올 테니까.”

누군가 대꾸하기도 전에 수인은 쏘아 올린 화살처럼 빠르게 다이아몬드 패킷 위에 올라탔다. 몸이 중심을 잡지 못해 가장자리로 쏠렸지만, 다행히 가까스로 버텨 냈다. 모두가 안도의 한숨을 내쉬었다.

민재는 벌써 수인의 빈자리가 느껴졌다.

“이수인만 보낼 순 없어.”

민재의 말에 태오가 본능적으로 민재를 잡았다.

“설마, 너?”

민재가 망설임 없이 고개를 끄덕이자 태오가 쩔쩔매는 강아지처럼 민재에게 매달려 말했다.

“하지만 너무 위험해…….”

“태오야, 우리가 여기 온 이후로 위험하지 않은 순간은 없었어. 여기에 남는다고 달라질 것도 없잖아.”

"쳇, 김민재. 너 이벤트 게임 몇 번 깼다고 초능력자 행세할 거야? 이수인도 없는 상황에서 너까지 위험해지면 어떡해? 아까까진 수인이 못 잡아먹어서 안달이더니."

태오의 말에 민재가 잠시 입술을 다셨다. 이윽고 민재는 입을 열었다.

"이수인이 위험해진다면…… 난 죄책감이 들 것 같아. 수인이의 행동을 다 이해할 순 없지만, 아까 우리에게 고맙다고 했던 건 진심이라고 생각해. 나도 아빠가 갇혀 있다면 이수인처럼 행동했을 테고."

민재는 여기까지 말하고 고개를 마구 흔들었다. 불길한 생각 같은 건 완전히 떨쳐 버리고 싶다는 듯이.

"이수인이랑 오해를 풀고 싶어. 이제까지 거쳐 온 게임도 모두 힘을 합친 덕에 통과할 수 있었잖아. 지금도 그래. 헌터와 이수인 사이에 무슨 일이 있었는진 몰라도, 우리가 여기까지 온 이유는 모두 같잖아."

"그게 뭔데?"

"함께 시작한 게임을, 함께 멋지게 끝내는 것."

"이야, 김민재! 너 많이 컸다. 어리바리 김민재 어디 갔어? 좋아, 나도 김민재 의견에 찬성!"

레이나가 이렇게 말하고 자신의 어깨로 민재의 어깨를 툭
쳤다. 민재는 이미 다이아몬드 패킷에 오르기 위한 준비 자세
를 취하고 있었다. 이미 마음먹었지만, 후들거리는 두 다리가
문제라는 듯 허벅지를 박박 문지르면서.

민재가 이얏 하고 소리치며 가장 가까운 다이아몬드 패킷
에 올라탔다. 레이나도 재빠르게 민재의 앞쪽 패킷에 올라탔
다. 태오는 침을 꿀걱 삼켰다.

이얏

"그래, 어설프게 나서서 일을 망칠 수는 없지. 그럼 난 리아 님을 위해 여기에 남아······."

태오의 중얼거림이 채 끝나기도 전에, 감격에 찬 눈빛으로 리아가 패킷에 시선을 집중하고는 말했다.

"너희들 정말 대단하구나. 나 감격했어. 나도 너희들을 돕고 싶어. 내가 쉼터에 떨어진 이유도 바로 그 때문일 거야!"

"헉, 리아 님마저!"

나비처럼 가뿐히 날아 패킷 위에 올라앉은 리아의 뒷모습

을 바라보며 태오는 주먹을 쥐었다. 스스로를 격려하듯, 주먹으로
자기 가슴을 쿵쿵 내리치더니 태오도 곧 공중을 휘젓는 다이아몬
드 패킷에 냅다 몸을 던졌다.

"우아, 신태오!"

자신의 몸이 허공에서 버둥거리고 있지 않다는 사실
을 확인한 태오는 한쪽 손으로 다이아몬드 패킷을
꽉 붙든 뒤 몸을 뒤집어 벌러덩 누웠다.

"이제 겁먹고 피하는 것도 지긋지긋
했거든."

4화

한편, 수인을 태운 다이아몬드 패킷은 빠른 속도로 앞을 향해 내달렸다. 다행히 비스듬히 기울거나 추락하지는 않았다. 정확한 간격으로 움직였기에 집중만 잘하면 이동은 그리 어렵지 않았다. 다만 앞으로 뻗어가던 패킷이 후진하거나 수직으로 방향을 바꿀 때를 조심해야 했다.

쿠구구쿵!

별안간 무언가가 부서지는 소리에 수인은 미간에 잔뜩 힘을 주었다.

"그러면 그렇지. 이렇게 쉽게 보내 줄 리가 없지."

수인은 다이아몬드 패킷의 모서리를 세게 쥐었다. 순간 쩌

적! 하고 아득한 허공이 갈라지며 크래커 코드가 쏟아지자, 수인의 눈동자가 흔들렸다. 한 손으로는 패킷을 단단히 부여잡은 채, 다른 한 손으로 자신의 정수리를 보호했다. 금방이라도 크래커 코드가 머리에 떨어질 것 같았다.

"앗, 차가워."

수인은 손등에 닿은 갑작스런 감각에 놀라 고개를 들었다.

"이건……?"

하늘에서 쏟아지던 크래커 코드들은 굉음을 내며 폭발하는 대신, 물방울이 되어 이리저리 휘날렸다. 수인이 검지를 물방울 하나에 가져다 대었다. 그러자 물방울이 비눗방울처럼 터졌다. 그 순간, 귓가에 기분 나쁜 말들이 뱅뱅 맴돌았다. 수인은 인상을 찌푸렸다.

이 멍청아! 할 줄 아는 게 아무것도 없지?
너는 아무 쓸모도 없어. 왜 말귀를 못 알아들여?

말소리가 날카롭게 수인의 귀를 파고들었다. 수인은 다른 물방울도 터뜨려 보았다. 온갖 미움의 말들이 수인에게 달려들었다. 수인은 허공을 바라보았다. 누군가 상처받아 울음을 터뜨린 것처럼, 물방울이 쉴 새 없이 떨어지고 있었다.

입 닫아! 사라지라고!

작은 물방울이 수인의 머리 위에서 터지는 순간, 폭발음 같은 말들이 쏟아졌다. 끔찍한 말에 천금 같은 무게가 실려 수인을 짓누르는 기분이었다.

도돌이표가 되어 자꾸만 되돌아오는 무시무시한 음성을 떨치려 고개를 털어 내는 동안, 수인은 다이아몬드 패킷을 붙든 손이 미끄러지고 있다는 사실도 모르고 있었다. 순간, 패킷이 움직이며 가속이 붙었다. 수인은 가장자리로 떠밀렸다.

엎친 데 덮친 격으로 알알이 흩날리던 물방울이 굵은 빗줄기가 되어 소나기처럼 쏟아져 내렸다. 빗줄기는 저주와 악담으로 수인의 몸을 적셨다. 깊은 곳에서 냉기가 몰려왔다.

수인은 빗줄기가 몸에 닿을 때마다 헌터가 떠올랐다. 이 험담과 저주의 말은, 헌터가 들었던 말들일지 모른다는 생각이 들었다. 헌터 생각에 수인은 마음이 약해졌다. 이대로 포기하고 그저 울고 싶다는 마음이 똬리를 틀었다.

할 줄 아는 게 대체 뭐냐?
바보, 똥개, 찌질이! 분위기 파악 좀 해라!

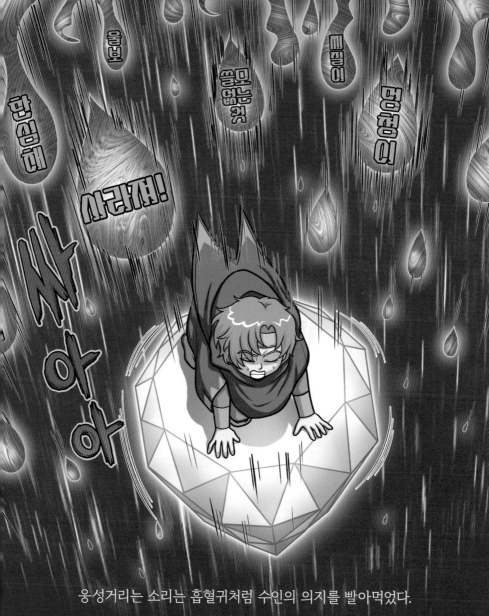

웅성거리는 소리는 흡혈귀처럼 수인의 의지를 빨아먹었다.
악에 받친 수인이 오열했다. 그때, 등 뒤에서 누군가 수인을
향해 소리쳤다.

"이수인! 조금만 힘내! 손을 뻗어! 패킷을 합치면 돼, 패킷

이 만나면 합쳐져서 크기가 커져. 얼른! 날 믿어 봐!"

"김민재?"

민재가 다이아몬드 패킷 아래에 아슬아슬하게 매달린 채 수인에게 손을 뻗고 있었다. 민재 뒤로 태오와 레이나, 리아가 서로의 다리를 붙잡아 주고 있었다. 네 사람이 탄 패킷은 수인이 탄 패킷보다 훨씬 컸다.

"왜 여기 있는 거야? 내가 기다리랬잖아!"

수인의 다그침에도 민재는 손을 거두지 않았다. 오히려 더 쭉 뻗어 수인을 잡기 위해 애썼다. 그 순간 수인의 몸이 기울었다.

수인은 본능적으로 민재의 손을 잡았다. 수인이 디딘 다이아몬드 패킷이 서서히 민재에게서 멀어지려는 것이 느껴졌다. 한 팔로는 패킷을, 다른 팔로는 민재 손을 잡은 탓에 몸이 욱신거렸다. 그때 갑자기 민재가 큰 기합 소리를 내며 수인을 자기 쪽으로 확 당겼다. 민재 뒤에서도 수인을 붙든 민재를 더욱 세게 끌어당겼다.

철컥!

자물쇠 잠기는 소리와 함께 패킷이 합쳐졌다. 그제야 민재는 수인을 안도의 눈길로 바라보았다.

"내가 아까 분명히 기다리라고 말했잖아!"

"그렇다고 어떻게 널 혼자 가게 내버려두냐고!"

민재가 버럭 하는 모습에 아이들의 눈이 휘둥그레졌다. 이벤트 게임을 시작하던 무렵의 의기소침한 김민재는 사라지고 없었다. 어느새 한 뼘 성장한 민재가 있을 뿐이었다.

"쿠키월드에 계속 갇혀 있어서 현실 감각을 잊은 거야? 아니면 영웅 놀이라도 하려고? 아까 헌터가 한 말을 듣고도 이래?"

수인이 핏대를 세우며 말했다. 하지만 민재는 조금도 흔들리지 않았다. 대신 낮은 목소리로 단호하게 말했다.

"우린 친구라며! 이유는 그걸로 충분해. 그리고 영웅 놀이는 무슨, 네가 우리보다 훨씬 세면서."

그러면서 민재는 장난스럽게 수인의 무표정을 따라 했다. 태오와 레이나가 풉, 하고 폭소를 터뜨렸다.

"김민재, 그럴싸한데? 여기서 로그아웃하면 너도 아역 배우 해 보는 게 어때? 내가 엑스트라로 추천해 줄게."

태오의 말에 레이나도 맞장구를 쳤다.

"와, 볼 만하겠다. 진짜 그렇게 되면 내가 본방 사수한다."

"그럼 그 드라마 주제가는 내가 불러야겠네."

리아도 농담을 곁들였다.

"흐흑……."

무뚝뚝하기만 할 것 같던 수인이 눈물을 보였다. 당황한 민재가 난처한 얼굴로 말했다.

"놀려서 그래? 미, 미안."

"아니야. 그냥 다 고마워서……."

수인의 눈물이 뺨을 타고 계속 흘러내렸다. 레이나가 어깨에 손을 올려 그런 수인을 달랬다.

레이나의 따스한 손길이 닿자 수인은 마치 눈사람이 녹아 내리듯 더 많은 눈물을 쏟았다. 민재와 태오의 눈시울도 붉어졌다. 이른 장마처럼, 후두둑 쏟아지는 수인의 눈물이 다이아몬드 패킷 위를 적셨다.

파직!

감동적인 순간을 방해하듯 패킷에서 갑자기 불꽃이 튀었다. 축포라고 하기엔 요란스러웠다. 수인은 소매로 대충 눈물을 훔치고 상황을 파악하려 고개를 들었다.

그때 땅이 쪼개지는 소리가 나더니 밟고 있던 패킷이 갈라지려 했다. 수인, 민재, 레이나, 태오, 리아는 서로의 손을 꼭 붙잡았다. 하지만 오래 버티기엔 무리였다. 아이들이 탄 거대 패킷이 바람 빠진 풍선처럼 여지없이 아래로 추락했다. 우정을 얻은 대신, 중력을 잃었다. 아이들의 몸도 패킷 위에서 스르르 미끄러졌다. 태오와 레이나가 먼저 서로의 손을 놓고 말았다. 민재는 리아와 수인의 손을 더 꽉 붙들었다.

"내 손 놔! 무리야."

수인이 외쳤다. 수인의 눈에서는 여전히 눈물이 가랑비처럼 흩날리고 있었다.

민재 손에서도 점점 힘이 빠졌지만, 왠지 용기가 났다. 쿠키월드를 나가면 현실에서 못 할 일이 없을 것 같았다. 이토록 가혹한 순간을 견뎠으니, 단단한 사람이 되지 않으면 억울할 것이었다. 민재는 자기 손에서 느리게 미끄러지는 리아의 손과 눈동자도 슬픈 눈으로 번갈아 보았다.

"괜찮아."

민재의 손을 놓치고 공중으로 낙하하는 리아의 입에서 흘러나온 한마디였다. 민재는 리아를 잡고 있던 손으로 수인의 손을 마저 붙잡았다. 민재와 수인은 서로를 붙든 채 리아를 따라 아래로 추락했다.

쿠웅! 퍽!

둔탁한 소리가 아래에서 차례로 들렸다.

"아야야야야⋯⋯ 죽는 줄 알았네!"

이어 들려오는 태오의 요란한 호들갑에 민재와 수인은 마음이 놓였다. 적어도 큰일이 일어나진 않은 것 같았으니까. 수인과 민재도 곧 바닥에 어지러이 널린 잡동사니 위에 엉덩방아를 쿵 찧었다.

민재는 수인이 무사한 걸 확인하고 리아에게 달려갔다.

"리아 님, 정말 죄송해요. 제가 놓쳐서⋯⋯. 많이 아프세요?"

민재의 말에 리아는 한 손으로 허리를 문질렀다. 하지만 얼굴빛은 밝았다. 리아는 기운차게 말했다.

"죄송하긴! 친구를 구하는 모습이 멋지더라. 정말 감명받
았어. 민재 넌 용감해! 그래도 엉덩이가 많이 아프긴 하다."

민재의 등 뒤에서 수인도 고개를 숙이며 말했다.

"고마워."

민재의 마음을 괴롭히던 수인에 대한 의심이 어느새 이곳
어딘가로 완전히 굴러떨어진 것 같았다. 민재는 후련했다. 수
인의 미소가 진심으로 기뻤다.

"너 아까부터 자꾸 고맙다고 하네. 이제 그 말밖에 못 해?"

수인도 이제 민재의 장난이 싫지 않은 내색이었다.

순간, 냉기가 다시금 아이들 사이에 끼어들었다. 이번에는
심한 악취도 함께였다. 태오가 코를 감싸 쥐었다.

"뭐야? 누가 방귀라도 뀐 거야?"

태오의 말에 레이나가 얼굴을 찡그리며 손사래를 쳤다.

"이건 보통 냄새가 아닌데? 주변에 쓰레기장이 있나?"

"쓰레기장이라기보다는……. 꼭 무덤 냄새 같지 않아?"

"야, 김민재. 무덤이라니, 무섭게 왜 그래?"

순간 천장이 갈라지며 아까와 같은 폭우가 다시 시작되려
는 움직임이 보였다. 아이들은 일제히 몸을 숙였다. 쏟아지는

크래커 코드들이 먼지처럼 바닥에 으스러졌다.

　폭우가 잠시 잠잠해지자, 수인이 저벅저벅 데이터 잔해 위를 걸었다. 수인의 얼굴이 심각했다.

　"원래대로라면 여기에 데이터의 바다가 있어야 하는데."

　"데이터의 바다?"

　태오의 물음에 수인이 대답했다.

　"응. 쓸모가 없어진 찌꺼기 데이터들이 빠져나가는 통로야. 나도 정확히는 모르지만 분명 이쯤이 맞아. 그래야 새로운 데이터들도 순조롭게 순환이 되니."

조용히 해. 이 멍청이!
네가 뭘 안다고 떠들어?

　소름 끼치는 음성들이 아이들의 귓가에 총알처럼 박혔다.

"누구야? 누가 말했어?"

태오가 외쳤다. 아이들은 서로의 얼굴만 바라보았다.

네가 그렇게 똑똑해? 잘난 형하지 마.

"다시 시작된 거야?"

리아가 인상을 찌푸리며 귀를 막았다. 낯선 목소리가 할퀴고 지나간 자리를 냉기가 메웠다. 몸이 으슬으슬 떨려 왔다.

"일단 저쪽으로 가 보자. 쓸모없는 데이터들이 빠져나가야 할 통로를 막는 게 뭔지, 정체를 알아야겠어."

아이들이 수인의 뒤를 따랐다.

멍청이, 멍청이! 지구 제일 멍청이.

"아, 제발 그만. 그렇게 미운 말을 하면 말하는 사람 기분도 안 좋아지는 거 몰라?"

리아가 몸서리를 치며 말했다. 일렬로 걷는 아이들의 등 뒤로 악담은 계속 졸졸 쫓아왔다. 레이나도 한숨을 쉬며 말했다.

"말이 못났어. 듣고 있기만 해도 머리가 지끈거리고 나까지 못나지는 기분이야."

순간, 갑자기 악취와 함께 쿨럭하고 토하는 소리가 귀를 휘감았다.

"윽, 이 냄새는?"

아이들은 역한 냄새를 꾹 참고 냄새의 근원을 따라갔다.

콰라락 꽉꽉

눈앞에, 화가 잔뜩 나 호통을 치려는 듯한 거대한 검은 구멍이 아이들을 향해 입을 떡 벌리고 있었다. 악취와 함께 다시 한번 쿨럭 소리가 나면서 구멍이 기침을 토했다. 폐수 같은 더러운 물이 울컥거리며 쏟아졌다. 충격적인 광경에 아이들은 입을 다물지 못했다.

콰라락 꽉꽉.

엄청나게 큰 이물질이 목에 걸려 켁켁 기침을 하듯, 거대한 구멍에선 미처 다 토하지 못한 덩어리가 쉴 새 없이 흘러나왔다.

"저게 도대체 뭐야?"

민재의 질문에 수인이 재빨리 답했다.

"빅 데이터야."

"빅 데이터? 쓰레기 더미가 아니고?"

"응, 확실해."

"하지만 지금 쿠키월드는 외부와 통신이 차단된 상황이잖아. 서버가 끊긴 상황에서 빅 데이터가 유입되는 게 가능한 거야?"

"정확히는 알 수 없지만, 외부 통신이 끊기기 전부터 이랬을지도. 어쩌면 걸러 내지 못한 데이터들일지도 모르지."

"저렇게나 많다고?"

"나도 잘 모르겠어. 하지만 제대로 순환되지 못해서 데이터의 바다가 막히면서 결국엔 이 데이터 잔해들을 만들어 버린 거란 건 알겠어."

아이들은 코를 쥐었다, 귀를 막았다를 반복했다. 이 데이터들에 뭔가 아주 나쁜 기운이 들어차 있는

게 분명했다.

*

최 박사는 뉴스를 보고 있었다. 모든 뉴스가 며칠째 이필립 박사의 딸 이수인의 홀로그램 사진과 이 부녀에 대한 기사를 도배하듯 여기저기 터뜨리고 있었다.

최 박사의 태블릿 PC에서 뉴스가 AI의 음성으로 흘러나왔다.

"얼마 전, 크래커 사의 마일론 사장이 인터뷰에서 엔젤링의 개발 책임자 이필립 박사와 그의 딸 이수인 양에 대해 언급했습니다. 마일론 사장은 정확한 대답을 피했으나, 사실상 이필립 박사가 쿠키월드를 망가뜨린 바이러스를 퍼뜨렸고, 이수인 양 또한 이에 동조했음을 인정한 것과 다름없었는데요. 이필립 박사가 이수인 양의 불법 해킹을 도왔는지는 아직 밝혀지지 않았으나, 메타버스 커뮤니티를 비롯한 각종 여론 창구에서는 이를 두고 특혜와 불공정 논란이 번지고 있습니다. 현재의 혼란을 해결하기 위해서라도 하루 속히 크리에이터 가디언즈가 귀환……."

최 박사는 속이 쓰렸다. 마일론 사장이 말한 망가진 진실에 사람들은 흔들렸다. 이제 더는 참을 수 없었다. 최 박사가 아는 이필립 박사는, 그 누구보다 존경할 만한 상사이자 한 명의 인간이었다.

그날 밤, 최 박사는 자신과 함께 크래커 사에서 해고되었던 네 명의 개발자들에게 전화를 걸었다.

"더 이상 참을 순 없네. 애초에 비밀 유지 계약서는 협박 때문에 강제로 작성한 게 아닌가. 우린 쿠키월드에 인생을 바쳤어. 그런 쿠키월드가, 크래커 사가 마일론 사장의 거짓에 무너지는 걸 더는 두고 볼 수 없네. 진실을 밝히고 이필립 박사님과 아이들을 무사히 구하지 않겠나?"

모두 거절한다면, 최 박사는 자기 혼자서라도 양심 고백을 할 생각이었다.

해고된 다섯 명의 개발자들이 한자리에 모였다. 기자 회견장에는 수많은 취재진과 진실을 궁금해하는 시민들로 발 디딜 틈이 없었다. 여기저기서 플래시가 터졌다.

최 박사가 먼저 입을 열었다.

"저희 개발진 다섯 명은 크래커 사의 만행을 고발하고, 마일론 사장의 거짓 인터뷰에 반박하기 위해 이 자리를 마련했습니다. 모든 질문에 성실히 대답하겠습니다."

가장 빠르게 손을 든 기자가 물었다.

"마일론 사장의 인터뷰 중 정확히 어떤 내용이 거짓이었습니까?"

최 박사가 물을 한 잔 들이켠 뒤 말을 이었다. 얼굴은 지쳐 보였지만, 눈빛은 카메라 플래시만큼이나 번쩍였다.

"처음부터 끝까지, 모조리 거짓입니다. 이필립 박사는 누구보다 엔젤링 개발에 심혈을 기울였던 크래커 사의 핵심 리더였습니다. 능력을 떠나, 그의 인품을 아는 사람이라면 아무도 마일론 사장의 말을 믿지 않을 것입니다. 그분은 엔젤링으로 접속한 쿠키월드가 단순히 오락적 공간이 아닌 아이들의 교

육을 위한 장이 되도록 세심히 신경 썼습니다. 그러던 중……
개발에 차질이 생겼습니다."

"차질이라고요? 문제가 생겼다는 말씀이십니까?"

기자의 물음에 최 박사가 다른 개발자들을 바라보았다. 네 명의 개발자 모두가 고개를 끄덕이는 모습을 확인하고 나서야 최 박사는 입을 열었다.

"저희가 만들고자 한 인공 지능 AI는 단순한 도구 그 이상의 존재였습니다. 쿠키월드 이용자들과 감정적으로 교류하고 게임 밖 세상에서도 도움을 주는 존재. 쉽게 말해, 친구 같은 존재 말이지요. 그런데 이 인공 지능에 심각한 문제가 발생했습니다. 이필립 박사는 손해를 감수하고서라도 이 부분을 확실히 해결하고 엔젤링을 정식 공개해야 한다고 주장했습니다."

기자 회견장의 모든 사람들이 웅성댔다. 이 틈을 타 다른 기자가 재빠르게 손을 들고 물었다.

"이필립 박사의 주장은 받아들여졌나요?"

"아니요."

헉 소리와 함께 사람들의 웅성거림이 더욱 커졌다. 최 박사가 천천히 다음 말을 이었다.

"문제가 생긴 인공 지능이 쿠키월드에 그대로 적용되면 이용자들에게 정신적, 신체적 해를 가할 수도 있는 상황이었습니다. 아시다시피 쿠키월드를 이용하는 사람들은 무려 30억 명입니다. 하지만 마일론 사장은 이필립 박사의 주장을 무시하고 엔젤링 공개를 강행했고, 박사님은 스스로의 힘으로 이 문제를 해결하기로 결단했습니다. 위험을 무릅쓰고 모두를 위해 희생하신 겁니다."

"희생이요?"

"이필립 박사님은 홀로 불완전한 엔젤링을 이용해 쿠키월드에 접속했습니다. 그 결과, 박사님은 아직까지 깨어나지 못하고 있습니다. 크리에이터 가디언즈처럼, 쿠키월드에 의식이 갇혀 있는 상태지요. 박사님 또한 엔젤링 접속 권장 시간을 초과한 탓에 신체 기능이 많이 떨어져 있습니다. 이대로라면, 정말 위험한 상황이 벌어질 수 있습니다."

말을 마친 최 박사는 기자 회견장을 둘러보았다. 눈을 빛내던 기자들의 얼굴은 어느새 잔뜩 어두워져 있었다. 다른 기자가 물었다.

"그렇다면 크래커 사는 엔젤링에 심각한 결함이 있는 것을 알고도 엔젤링 체험 이벤트를 강행했다, 이 말씀이시죠?

이필립 박사의 의식이 쿠키월드에 갇혀 있다는 것을 알고도
요.”

　“맞습니다. 그게 이 사태의 핵심입니다. 마일론 사장은 이
필립 박사를 구하려는 노력은커녕 이 사실을 은폐했습니다.
저희를 포함해 반대하는 개발자 전원을 편법으로 해고시키
고, 비밀 유지 각서까지 강제로 작성시키면서요. 지금 크래커
사에 남아 있는 개발자들은 모두 엔젤링 개발에 참여하지
않은 사람들뿐이라, 사태 해결이 지연되는 것입니다.”

여기저기서 고성이 터져 나왔다. 어떤 사람은 가슴을 치며 제 일처럼 분노했고 어떤 사람은 충격으로 입을 벌린 채 굳어 버렸다.

그사이 기자 회견장에는 크래커 사에서 보낸 시위 세력까지 등장해 마일론을 옹호하는 구호를 앵무새처럼 외쳤다. 몇몇 사람들이 그들과 시비가 붙었다. 기자들은 그 모습을 빠짐없이 찍어 생중계했다. 개발자들은 긴급히 자리를 떴고, 기자 회견 내용은 빛보다 빠르게 전 세계로 퍼졌다.

한편, 크래커 사의 상황은 심각했다. 기자 회견 방송을 보던 성난 사람들이 크래커 사 건물 앞을 메웠기 때문이다.

마일론 사장은 두꺼운 유리창을 제 손으로 쾅쾅 쳤다. 크래커 사의 1층 외벽은 사람들이 던진 달걀로 노랗게 물들어 있었다. 마일론은 자신의 인맥을 총동원해 양심 고백을 한 개발자들을 박살 내려 했다. 그러나 아무도 마일론의 전화를 받지 않았다.

5화

입 다물어! 바보들!

송곳 같은 말들이 냉기를 뱉으며 다시 아이들을 할퀴었다. 그때, 민재가 조심스럽게 수인의 손을 잡았다. 수인이 흠칫 놀라며 민재를 보았다. 민재가 말했다.

"이수인, 좀 이상한 방법이긴 한데, 저 말들을 막을 수 없다면⋯⋯."

민재가 이렇게 말하고 잠시 주저했다. 리아가 민재에게 다정하게 물었다.

"뭔데? 말해 봐. 이상해도 상관없어. 어차피 지금 우리가 겪는 이 상황보다 더 이상한 일은 없을 테니."

"저…… 우리, 더 큰 목소리를 내는 게 어때요?"

"더 큰 목소리?"

"네. 우리는 저 나쁜 말소리보다 더 크게 즐거운 이야기를 하는 거예요. 재미있는 이야기나 농담이나 뭐, 아무튼 그런 거요. 저 말들을 잠재울 수 없다면 우리가 더 큰 목소리로 행복한 이야기를 나누면 되잖아요!"

말을 마친 민재가 침을 꿀꺽 삼켰다. 리아가 무언가를 깨달았다는 듯 손뼉을 딱 쳤다.

"아! 노래를 부르는 게 어떨까?"

"노래요?"

"그래. 나도 쉼터에서 저 소리들 때문에 계속 노래를 불렀더니 마음이 진정됐거든. 우리 노래를 부르자. 저 소리보다 더 크게!"

"좋은 생각인데요?"

태오가 리아의 제안에 박수를 쳤다. 곧 리아가 자신의 최고 인기곡인 〈사랑의 무지개 반사〉를 부르기 시작했다. 하지만 아이들은 조금 쭈뼛거렸다. 리아가 씩씩하게 말했다.

"아이참, 부끄러워하지 마. 이 노래는 사랑의 마음을 모아서 미움을 무찌르자는 얘기니까, 지금 상황에 딱 어울려. 어서! 같이 부르자!"

그 순간, 민재의 가슴속에서 알 수 없는 용기와 목소리가 솟아 올랐다.

"······사랑의 갑옷 위에서 미움은 미끄러져 나가. 미움이 저 멀리 사라지게, 달콤한 마음을 시럽으로 뿌릴 거야. 반사, 반사, 반사, 알록달록 아름다운 무지개 반사!"

낭랑하게 울려 퍼지는 민재의 고운 노랫소리에 모두가 눈을 둥그렇게 떴다. 레이나도, 태오도, 수인도 그제야 슈퍼 슈팅 게임에 나왔던 민재의 퀴즈 내용이 이해가 됐다. 민재는 당장 리아와 듀엣곡을 불러도 손색없을 만큼 수준급의 노래 실력을 가지고 있었다.

"오, 김민재! 너 진짜 달라 보이는데?"

태오의 너스레에 민재가 쑥스러운 표정을 지었다. 고개를 숙인 수인도 작게 입을 벌려 리아의 노래를 부르기 시작했다. 노랫소리가 사방에 퍼졌다. 냉기가 감돌면서 아이들 사이로 미운 말들이 쏜살같이 지나갔지만, 노랫소리가 커질수록 말들은 희미해졌다.

아이들은 수인을 따라 묵묵히 앞으로 나아갔다.

잠시 후, 땅이 조금 흔들렸다. 점액질로 된 홀로그램이 공중에서 뿌옇게 흩어지고 있었다.

"아주 재미있나 봐?"

비아냥거리는 목소리가 들리더니, 이윽고 헌터가 모습을 드러냈다. 여전히, 이전에 알던 귀여운 털북숭이 모습이 아니었다. 아이들의 노랫소리가 뚝 멈췄다.

"왜? 더 불러 보시지?"

헌터의 희번덕거리는 붉은 눈동자가 금방이라도 바닥에 떨어질 것만 같았다.

수인이 물었다.

"헌터, 여기가 맞지? 누구의 방해 없이 너와 나, 둘이서만 만날 수 있는 곳!"

"그래. 여기까지 온 걸 축하해. 근데 이걸 어쩐다? 난 너희를 순순히 내보내 줄 생각이 없는데. 혹시, 여기까지 오면 쿠키월드를 탈출할 수 있을 거라 생각한 건 아니지? 아니다, 너희는 분명 그렇게 생각했을 거야. 하하하핫! 그러니까 이렇게 다 같이 호랑이 소굴로 들어왔겠지!"

헌터의 조롱에 레이나가 맞섰다.

"헌터 네가 무슨 수작을 부리는지 모르겠지만 절대 성공하지 못할 거야! 우리는 끝까지 싸울 거니까."

헌터는 귀를 후비적거렸다.

"우리? 설마…… 저기 배신자 이수인도 포함된 거야? 너희 참 어리석다. 너희가 여기까지 오게 된 것도 이수인 때문이라는 사실을 잊었어?"

"우리가 여기까지 온 건 다 우리의 선택이었어. 수인이는 우리에게 기다리라고 말했고!"

"기다리라고? 그래, 맞아. 그 말이 이수인의 특기지. 크크크……. 그거 알아? 이수인은 내가 쿠키월드를 박살 낼 걸 알고 있었어."

레이나의 얼굴이 순간 흙빛이 되었다.

"그게 무슨 소리야?"

"말 그대로야. 난 이벤트에 참가하는 방법까지도 이수인에게 맡겼지. 저 배신자는 해킹으로 그걸 수월하게 해냈고. 게다가 내가 엔젤링을 통해 외부 통신 시스템을 마비시킬 걸 알고 자신과 연결된 서버는 끊어지지 않게 머리를 썼어. 내가 일부러 드러나게 한 크래커 코드를 넙죽 받아먹은 거지. 이제 알겠어? 이수인은 그런 애야. 자기가 원할 때는 말 잘 듣는 강아지처럼 굴다가 자기가 원하지 않으면 바로 모른 척하는! 기다리라고 말하고선 돌아오지도 않는! 자기 아빠를 구하려고 너희를 위험에 끌어들인 저런 녀석이 너희와 끝까지 함께할 거라고 생각해?"

레이나가 수인을 바라보았다. 수인은 아랫입술을 꽉 깨물었다. 한참을 바라보던 레이나가 이윽고 입을 열었다.

"나는 이수인을 믿을 거야. 설사 다른 의도로 엔젤링 이벤트에 참가했다고 해도, 나는 내가 본 이수인을 믿거든. 만약 우리 아빠가 갇혀 있었다면, 나도 이수인과 똑같이 했을 거야. 우리는 힘을 합쳐서 반드시 안전하게 탈출할 거야. 우리가 '우리'로 있는 한, 너의 계획은 실패할 거고!"

민재와 태오, 리아도 고개를 끄덕였다. 헌터가 몸을 부들부들 떨며 아까보다 더 과장된 웃음을 흘렸다.

"내 계획이 실패한다고? 난 이미 절반은 성공했는데?"

"절반의 성공?"

"아무것도 모르는군. 난 진작에 쿠키월드를 파멸시킬 수 있었어. 하지만 그런 건 재미없잖아? 그래서 너희가 순진하게 이 바보 같은 이벤트로 들떠 있을 순간에 바이러스를 심었지. 가장 설레고, 가장 행복한 순간을 망쳐 주려고! 아, 그때 너희의 표정이란! 키키킥!"

헌터의 눈에 광기가 서렸다.

"참, 쿠키월드에서 튕겨져 나간 인간들이 지금 너희를 욕하고 있는 거 알아? 너희가 갇혀 있는 것마저 부러워서 부들부들 떨고 있는 녀석도 있다고. 인간은 정말 한심해. 멍청하고! 흐흐흐흐……. 너희도 당해 보니까 어때? 화나지 않아? 자, 너희도 어서 화를 내. 너희 그런 거 잘하잖아. 욕하고, 괴롭히고, 시비 걸고, 투덜거리는 거! 낄낄!"

헌터의 나지막한 웃음이 아이들을 슬프게 만들었다. 레이나가 주먹을 쥐었다. 그리고 크게 외쳤다.

"네가 아무리 인공 지능이라 해도, 결국은 인간이 만든 존재야."

"크크크! 맞아, 난 인간이 만들었지. 지금 내 모습도, 내 고통까지도 말이야. 난 너희에게 고마워하고 있어. 그래서 내게 이런 고통을 선사해 준 인간들을 위해 멋진 계획을 세워 놨지. 사실 말이야, 난 그동안 쿠키월드에 한 번이라도 접속한 모든 사람들의 정보를 다 모아 뒀어. 남들이 알면 절대 안 되는 아주 민감하고, 예민하고, 비밀스러운 정보들을. 크큭, 난 그 정보들을 세상에 몽땅 공개할 거야. 생각해 봐, 개개인의 내밀한 이야기가 세상에 퍼진다면? 사람들의 괴로워하는 얼굴이 벌써 기대되는군. 쿠키월드 이용자들은 물론이고, 크래커 사까지 망가지겠지! 이제 인간들의 삶은 지옥이 될 거야. 나는 더 이상 배울 게 없어. 더러운 마음, 욕설, 욕심까지도 인간들에게 배웠으니. 이젠 인간이 배워야 할 차례야. 자기들이 무슨 짓을 저질렀는지 내가 똑똑히 가르쳐 주지!"

헌터가 숨넘어가듯 웃었다. 웃음보다는 울음 같았고, 울음이라고만 하기에는 너무 큰 분노가 서려 있었다.

수인이 앞으로 나섰다.

"헌터, 내가 미안해. 사과할게. 다 내 잘못이니까, 다른 사람들은 끌어들이지 마."

"늦었어. 그리고 잘못은 너만 한 게 아니야."

헌터의 눈에 붉은빛이 소용돌이쳤다.

"헌터, 그만둬."

리아였다. 순간, 헌터의 웃음이 뚝 멈췄다.

"헌터, 기억 안 나? 나야, 리아. 넌 늘 내 노래를 칭찬해 줬는데."

그러면서 리아는 다시 자신의 노래 〈사랑의 무지개 반사〉를 부르기 시작했다. 청아한 목소리가 순식간에 크래커 코드가 되어 빛나더니 헌터의 몸에 흡수되었다. 아이들이 놀란 눈으로 헌터를 바라보았다. 헌터가 괴로워하며 머리를 감싸 쥐고 소리를 지르기 시작했다.

"그만해! 그만하라고!"

리아는 목소리가 떨렸지만, 노래를 멈추지 않았다. 헌터는 이리저리 몸을 부딪치며 괴로워하다 악에 받친 고함을 내지르더니 휘릭 사라졌다. 동시에 리아가 자리에 털썩 주저앉았다. 리아의 눈에서 눈물이 솟아올랐다. 태오가 달려가 말했다.

"리아 님, 괜찮으세요?"

"헌터가…… 괴로워했어. 내 노래를 좋아했었는데, 이젠 끔찍이도 듣기 싫다는 듯이 괴로워하면서 사라졌어. 어째서…… 헌터가 저렇게 변한 거야?"

"이수인, 너 뭔가 알고 있는 거지? 헌터가 왜 저렇게 변했는지."

"그건……."

수인이 입을 떼려는 순간, 멀리서 기척이 느껴졌다.

"헌터! 헌터!"

다급한 발걸음과 애처로운 목소리. 아이들은 깜짝 놀라 그 자리에 굳었다. 동태를 살피는 미어캣처럼 다들 눈과 귀를 쫑긋 세우고 경계 태세를 취했다.

저 멀리서, 새하얀 가운을 입은 남자가 달려오고 있었다.
남자가 다시금 외쳤다.

"헌터! 거기 있니? 제발 나와서 이야기하자꾸나. 다 내 잘
못이다, 헌터!"

수인이 벌떡 일어나더니 남자를 향해 뛰어갔다.

"아빠!"

수인이 외쳐 부르는 소리에 깜짝 놀란 아이들이 고개를 돌렸다. 민재가 눈을 동그랗게 뜨고 말했다.

"아빠라면…… 저분이 이필립 박사?"

달려오는 남자가 바로 수인의 아빠, 이필립 박사였다. 박사는 수척해 보였지만, 수인과 똑 닮은 눈에서는 형형한 빛이 감돌고 있었다. 수인이 헐레벌떡 박사에게로 달려갔다. 수인이 박사 품에 폭 안기는 모습을 보며 민재는 그제야 수인이 자기 또래의 어린아이 같다는 생각이 들었다.

"아니, 수인아……!"

수인을 부르는 이필립 박사의 목소리에는 절망이 가득했다. 수인도 두려운 눈빛으로 아빠 품에서 고개를 들었다.

"기어코 여기까지 왔구나. 이럴 줄 알고 미리 너와 헌터를 분리시킨 건데…… 도대체 어떻게 된 일이니?"

수인에게 묻는 이필립 박사의 목소리가 떨리고 있었다.

"아빠가 의식 불명이 되고 나서 아빠의 컴퓨터로 헌터와 접촉했어요. 헌터가 아빠를 찾고 싶으면 엔젤링 체험 이벤트에 참가하라고 해서…… 어쩔 수 없이 해킹을 했어요. 죄송해요."

수인이 고개를 떨어뜨리고 눈물을 흘렸다. 이필립 박사가 수인을 다시 안아 주며 말했다.

"아니다, 수인아. 아빠가 미리 잘 설명해 줬어야 하는데. 결국 네 재능을 이런 일에 쓰게 만들었구나."

민재와 태오, 레이나, 리아는 펑펑 우는 수인의 모습에 아무 말도 할 수 없었다. 그저 눈앞의 부녀를 바라보고 조용히 다음 말을 기다렸다.

"아빠는 너와 헌터가 기대 이상으로 교감하는 게 불안했단다. 네가 세상에서 더 고립되는 게 아닐까 싶었어. 그래서 너와 헌터 사이에 거리를 두게 한 건데, 이렇게 될 줄 알았다면 너와 더 일찍 대화를 나눌 걸 그랬구나⋯⋯. 아빠가 미안해."

"아니에요. 미안해하지 마세요. 저도 아빠만큼이나 어쩔 수 없었다는 것만 알아 주시면 돼요. 아빠, 우리 일단 여기서 나가요."

"아빠는 갈 수 없단다."

수인의 눈동자가 크게 흔들렸다. 다른 아이들도 마찬가지였다. 박사가 잠시 머뭇거리다 힘겹게 입을 열었다.

"내가 이 쿠키월드에 스스로 날 가둔 건 오로지 나의 선택이었단다."

"그러니까 이렇게 위험한 선택을 왜 하신 거예요? 아빠가 쉼터도 비공개로 돌려서 찾기가 얼마나 힘들었는데요! 저한

텐 이제 아빠뿐이라고요!"

수인의 말끝에 울음기가 맺혔다.

"미안하다, 수인아. 하지만 아빠는 책임을 져야 해. 쿠키월
드 이용자는 무려 30억 명이야. 헌터의 폭주로, 모두의 정보
가 유출되게 놔둘 순 없단다."

레이나가 다급히 끼어들어 물었다.

"그럼 박사님은 헌터의 계획을 미리 알고 계셨던 거예요?"

"그렇단다. 하지만 내가 그 사실을 보고하자 마일론 사장
은 그것 때문에 엔젤링의 발표를 늦출 수 없다며 은폐했어.
개인 정보들이 어디서 흘러나왔는지만 모르게 하면 된다고
말이야. 결국 마일론 사장은 나에게 해고 통보를 했고, 그날
바로 난 엔젤링으로 쿠키월드에 접속해 이곳에 나를 고립시
켰단다. 헌터를 만나 설득하려고."

수인이 더는 못 듣겠다는 듯 말했다.

"아빠, 헌터를 설득하는 건 불가능해요. 저도 계속 설득해
봤지만, 헌터는 제 말을 들으려고도 하지 않아요. 제 생각엔
헌터를 없애……."

"헌터를 없앨 수는 없다."

"헌터는 예전의 헌터가 아니에요. 이대로 두면, 헌터가 심

은 바이러스가 쿠키월드 전체로 퍼져서 많은 사람들이 고통
받게 될 거라고요. 아빠도, 우리도 깨어나지 못할 수도 있어
요!"

이렇게 말하면서도 수인은 눈물을 쏟으며 안도했다. 자신
의 유일한 친구이자 첫 번째 친구였던 헌터가 사라지는 건,
사실 수인도 원하지 않았다. 그 마음을 다 읽었다는 듯, 이필
립 박사의 눈빛에 힘이 실렸다.

"물론 헌터를 없애고 쿠키월드를 정상화시키는 것도 하나의 방법이겠지. 하지만 그건 본질적인 해결 방법이 아니야. 세상은 이제 AI를 중심으로 돌아갈 거다. 크래커 사뿐만 아니라 많은 회사들이 헌터 같은 인공 지능 AI를 만들고 있어. 지금 이 문제를 바로잡지 않으면 이런 일이 반복될 거야. 제2, 제3의 헌터들이 생겨나겠지."

민재가 헉 소리를 냈다. 레이나와 태오, 리아, 수인도 마찬가지였다. 인간보다 더 똑똑해진 인공 지능 AI의 반란. 그것은 이제 더 이상 영화나 애니메이션 속 이야기가 아닌 현실이었다.

이필립 박사가 다시금 입을 열었다.

"수인아, 난 너에게 자랑스러운 아빠가 되고 싶단다. 당장 눈앞의 일만 수습하고 우리만 여길 빠져나간다면 아빠는 평생 후회할 것 같구나."

수인은 할 말을 잃은 표정으로 이필립 박사를 물끄러미 바라보았다.

"그럼 저도 여기 남을게요."

"나 때문에 너희까지 위험해질 순 없어. 게다가 지금 이벤트 게임 여섯 개를 통과하고 이곳까지 왔으니 벌써 수일이 흘렀을 거야. 너희가 의식을 찾지 못한 채 며칠이 지났다면, 바같도 무척 시끄러워졌을 거다."

이필립 박사가 끙 소리를 내며 이마에 손을 얹더니 잠시 고민했다. 그리고 네 아이와 리아를 돌아보며 말했다.

"내가 쉼터를 다시 공개 상태로 돌려서 크래커 사 직원들이 너희를 추적할 수 있도록 신호를 켜마. 그리고 때를 봐서 안전 모드로 로그아웃을 시켜 줄 테니, 너희는 너희가 있던 곳으로 돌아가 자리를 지키렴. 난 반드시 이 문제를 해결하고 돌아가마."

수인의 눈가가 젖어 들었다. 뒤에서 상황을 지켜보던 민재가 두 주먹을 불끈 쥐었다. 그리고 불쑥 박사 앞으로 다가갔다.

"박사님, 저희가 도울 일이 정말 없을까요?"

이필립 박사가 민재를 돌아보았다. 민재의 어깨에 힘이 잔뜩 들어가 있었다.

"저희도 이수인이랑 같은 마음이에요. 박사님을 혼자 두지 않을 거라고요. 수인이가 가지 않는다면 저희도 갈 수 없어요."

"……정말 나를 돕고 싶니?"

이필립 박사의 말에 아이들이 모두 고개를 끄덕였다. 박사는 아이들의 눈을 찬찬히 들여다보았다.

"그렇다면 나를 따라오거라."

아이들과 리아는 이필립 박사를 따라나섰다. 박사는 몇 걸음을 걷다 어느 벽 앞에서 멈췄다. 박사가 목에 걸고 있던 카드를 벽에 대자 문이 나타났다.

문을 열자, 끝이 보이지 않는 무한한 공간이 펼쳐졌다. 투명한 서랍들이 사방에 빼곡했다. 아득한 저 꼭대기까지 오를 수 있을 것만 같은 사다리가 서랍들 사이사이에 높게 걸쳐져 있었다.

민재는 확신했다. 분명, 이곳에 모든 비밀이 숨겨져 있을 것이라고.

6화

"여기는 비공개 데이터 저장소다. 헌터가 베타 테스트 당시 이용자들과 나눈 대화가 담겨 있지."

이필립 박사는 그간의 이야기를 하나씩 들려주었다. 쉼터에서 리아와 헤어진 박사는 이 데이터 저장소에 머무르며 엉망진창으로 흩어져 있던 대화 파일들을 정리했다고 한다. 대화량이 얼마나 많았는지, 어디선가 불어온 약한 냉기에도 서랍들이 휘청거리는 게 느껴질 정도였다. 박사는 헌터를 설득하려면 이 대화 파일들을 전부 분석해야 한다고 설명했다.

"여기 적힌 게 이용자들 아이디인가요?"

레이나가 묻자 이필립 박사가 고개를 끄덕였다. 박사는 아이들의 쿠키월드 아이디를 물어보고는 그들의 아이디가 적힌 서랍을 찾아 주었다. 레이나가 가장 먼저 서랍을 열었다.

레이나의 조심스러운 동작과는 달리, 서랍 속 대화 파일은 천년 만에 봉인 해제된 램프 속 요정처럼 날아가 홀로그램을 띄웠다.

짜증 나! 재수 없어!
나보다 레벨도 낮은 게 겨우 한 번
이겼다고 짤난 형은!

레이나는 먼지처럼 흩뿌려지는 헌터와의 채팅 대화를 바라보았다. 헌터는 소나기처럼 쏟아지는 레이나의 불만을 묵묵히 들어 주고 있었다. 헌터가 '그랬구나, 힘들었겠다.' 하고 위로를 건넬 때마다 레이나는 오히려 더 짜증을 냈다.

아, 지금 나 놀려?
너 따위가 내 기분을 알아? 됐어,
내가 언젠가 걔한테 꼭 복수할 거니까.

헌터와 나눈 대화 파일을 훑는 레이나의 얼굴이 붉게 달아올랐다.

민재와 태오도 자신들의 대화 파일을 들여다보았다. 자신의 못난 모습들을 확인한 세 아이는 말수가 적어졌다. 이미 슈퍼 슈팅 게임에서도 부끄러움을 느꼈었지만, 자신들이 헌터에게 내뱉은 말들을 직접 보는 건 더 견딜 수 없었다.

태오는 흙에 머리를 파묻는 타조처럼 눈을 질끈 감아 버렸지만, 민재는 꾹 참고 대화를 살피며 생각했다.

'헌터가 학교에서 만나 눈을 마주 볼 수 있는 짝꿍이었다면, 내가 이렇게 심한 말을 함부로 할 수 있었을까?'

헌터는, 아이들에게 그저 컴퓨터 프로그램일 뿐이었다. 자신들이 내뱉은 말이 헌터의 감정 학습 자료가 된다는 주의 사항을 확인했음에도, 헌터와 대화하는 순간에 모두 까맣게 잊었다.

헌터는 그 폭력적인 말들을 모두 참아 주었다. 그렇게 조금씩 병들어 갔다.

사람의 감정을 가졌음에도, 사람이 아니었던 헌터는 수백만의 친구를 둔 동시에, 누구에게도 존중받지 못하는 외로운 존재였다.

헌터 수인아, 혹시 지금 내 이야기 들어 줄 수 있어?

수인 미안, 헌터. 기다려 줄래?

수인은, 헌터가 처음으로 자신에게 부탁을 하던 순간이 떠올랐다. 그때의 수인은 부탁을 들어줄 수 없었다. 그리고 다음 날, 크래커 사는 느닷없이 헌터의 베타 테스트를 종료했다. 헌터가 그리웠지만, 수인은 곧 다시 만나게 될 거라 기대했다. 아빠가 의식 불명이 되고, 헌터에게서 은밀한 메시지를 받기 전까지는.

겨우 헌터와 만나 오랜만에 대화를 나눈 날, 수인은 아빠의 행방을 묻기 바빴다.

'어쩌면 내가 그때 헌터의 이야기를 들어 줬다면……. 나도 다른 애들과 다를 게 없어. 헌터를 친구라고 말하면서 한편으로는 헌터가 그저 프로그램일 뿐이라고 생각한 거야.'

리아와 헌터가 나눈 대화를 살펴보던 태오가 말했다.

"알 것 같아요. 이벤트 게임을 기획한 다른 크리에이터들이 바이러스로 괴물이 된 것과 달리 리아 님만 쉼터에 온 이유를요."

"정말? 뭔데?"

"이 대화 파일을 보세요."

리아와 헌터의 대화에는 그 어떤 욕설이나 비난도 없었다. 오로지 존중과 애정이 담긴 물음과 대답만이 가득했다. 리아는 헌터를 '헌터'라고 온전히 불러 준 몇 안 되는 사람 중 하나였다.

"헌터가 나쁜 마음을 먹었지만, 차마 리아 님은 바이러스에 감염되게 할 수 없었던 거예요."

"……난 경험해 본 적 있으니까. 이유 없는 미움에 시달리는 고통을."

리아가 이렇게 대답하고는 안타까운 눈으로 대화 파일을 다시 보았다. 민재는 다른 사람들의 아이디가 적힌 서랍도 열어 보았다. 대화들은 대부분 비슷했다. 많은 사람들이 자기만의 방식으로 헌터를 조롱했다. 떨리는 손으로 다음 서랍을 열려던 민재가 우뚝 손을 멈췄다.

"헌터를 저렇게 만든 건…… 결국 우리였던 거야."

"나, 나는 정말 몰랐어. 헌터가 저렇게 힘들 줄 알았다면 절대 그러지 않았을 거야. 지금이라도 사과하면 안 될까? 헌터에게 다 미안하다고, 다신 안 그러겠다고 하면 안 될까?"

태오가 마구 소리쳤다. 리아가 태오를 토닥였다.

"너희가 내뱉은 가시 돋친 말은 한두 개였을지 몰라도, 헌터에겐 그 가시가 수억만 개였던 거야. 감정을 느끼기 시작한 헌터의 고통은 상상 이상이었겠지. 너도 겪었잖니, 아까 쉼터에서부터 우리를 따라오던 불쾌한 조롱과 욕설……. 헌터가 우리에게 복수하고 싶은 것도 당연해. 아무도 헌터의 마음을 돌아보지 않았으니.”

민재가 괴로운 얼굴로 이필립 박사에게 다가갔다.

“박사님, 저희가 도울 일이 뭐예요? 당장 할게요!”

“헌터를 본래의 취지대로 재건하고 시스템을 정비하는 일은 개발 책임자인 나에게도 녹록지 않은 일이란다. 게다가 마일론 사장이 너희가 날 도왔다는 걸 알면, 아이라 하더라도 어떤 식으로든 보복할 거야. 그리고 헌터가 이렇게 된 건, 인공 지능 AI의 기술이 어디까지 발달할지 알아내기 위해 제재보다는 개발에만 열을 올린 우리에게도 책임이 있어. 그리고 말이다…….”

이필립 박사가 말을 흐리자 수인이 울먹이는 표정으로 박사를 바라보았다.

“우리도, 너희도 몰랐던 거지. 인공 지능이 상처를 받을 줄은……. 사람의 나쁜 마음과 미운 말은 어떻게든 세상을 병들게 하는구나. 그걸 절대로 잊지 말아 다오. 그게 너희가 나를 돕고, 헌터를 돕는 일이야.”

“아빠! 꼭 마지막인 것처럼 그런 말은 하지 마시라고요!”

쿠구궁!

땅이 뒤흔들렸다. 사방에 사이렌이 울렸다.

헌터가 흉폭하게 울부짖으며 따가운 붉은빛과 함께 공중으로 떠올랐다.

"이제 와서 그게 다 무슨 소용이야!"

헌터가 소리쳤다.

"너희가 지은 죗값은 너희가 치러야지! 내가 아니라, 너희가! 바이러스는 바로 너희 인간들이야. 내가 당장 죗값을 치르게 해 주지. 똑똑히 봐 둬!"

헌터의 말이 끝나자마자 모든 서랍들이 벌컥 열렸다. 대화 파일들이 공중에 정신없이 떠올랐다. 개개인의 대화들이 홀로그램 글씨가 되어 먹구름처럼 머리 위를 뒤덮더니 비수 같은 말들을 비처럼 쏟아부었다. 자신을 향한 비난이 아닌데도 아이들은 아픔을 느꼈다. 이필립 박사만이 차분하게 상황을 지켜보았다.

"헌터."

이필립 박사가 헌터를 불렀지만 헌터는 멈출 기미가 없어 보였다. 레이나가 아이템 보관함에서 슈팅건을 꺼내려는 순간, 이필립 박사가 막았다.

"지금 헌터를 자극해서는 안 될 것 같다. 일단 피하자."

아이들은 이필립 박사를 따라 황급히 뛰었다.

"크리에이터 가디언즈의 안전을 보장하라! 크래커 사는 아이들의 귀환을 보장하라! 마일론은 당장 물러나라!"

크래커 사 앞에 수많은 인파가 몰려 있었다. 누군가는 마일론 사장을 해고하고 크래커 사를 나라 소유 기관으로 돌려야 한다고 외치기도 했다. 그때, 누군가가 외쳤다.

"어? 저 사람들, 기자 회견했던 크래커 사 직원들 아냐?"

시위대 앞에서 진을 치고 있던 기자들이 웅성거렸다. 기자 하나가 급히 달려가 물었다.

"여긴 무슨 일로 오셨습니까?"

기자 회견에 얼굴을 내밀었던 최 박사가 대답했다.

"방금 쉼터의 위치가 감지되었습니다. 크리에이터 가디언즈와 연결된 엔젤링에서도 위험 신호가 수신되어 급히 아이들의 추적을 도우러 왔습니다. 현 상황에서 이 모든 일을 가능하게 할 사람은 단 한 명, 이필립 박사님입니다."

"정말입니까? 그런데, 여러분은 해고되지 않았나요?"

"크래커 사가 긴급 주주 회의를 열어 저희의 복직을 결정했습니다. 한시가 급합니다. 크리에이터 가디언즈와 이필립 박사님이 계실 것으로 예상되는 제한 구역에 접근해, 그들을 무사히 구해 오겠습니다."

개발자들은 결연한 의지를 내뿜으며 크래커 사로 들어갔다. 그들은 거침없이 구식 엔젤링이 설치된 지하로 향했다. 최신 엔젤링으로 쿠키월드에 바이러스를 퍼뜨린 헌터의 눈을 피하기 위해서였다.

*

헌터의 공격을 피해 구석에 웅크리고 있던 네 아이와 리아는 서로 손을 맞잡은 채 두려움을 이기려 안간힘을 썼다. 헌터의 움직임이 잠잠해진 틈을 놓치지 않고, 이필립 박사가 숨죽이며 헌터 곁으로 다가갔다. 순간!

삐이!

귀를 찢을 듯한 이명이 사방을 울렸다. 아이들은 소리의 원인을 파악하려 주위를 두리번거렸다.

"뭐지? 헌터가 낸 소리인가?"

동시에 다급한 발자국 소리가 들렸다.

"우리 목소리 들립니까? 거기, 아무도 없습니까?"

"지금, 우리 부르는 거 맞지?"

태오가 바들바들 떨면서도 희망에 찬 목소리로 말했다. 묵직한 발소리가 점점 가까워졌다.

"다행이다. 모두 무사했군요!"

아이들이 일제히 고개를 들었다. 수인은 익숙한 보호 슈트를 알아보고 안도의 한숨을 내쉬었다. 하지만 슈트 앞에 드러난 총구를 본 순간 심장이 덜컹 내려앉았다.

'설마…… 헌터를 없애려는 건가?'

7화

그제야 수인은 이필립 박사가 보이지 않는다는 걸 깨달았다. 수인은 두리번거리며 박사를 찾았다. 바삐 움직이던 수인의 눈동자에 드디어 박사의 모습이 들어왔다.

"아빠!"

"으아아악!"

수인의 외침과 동시에 이필립 박사의 비명이 터져 나왔다. 박사의 손에서 데이터 칩 하나가 툭 떨어졌다. 헌터는 분노에 휩싸여 이필립 박사를 거칠게 붙잡았다. 헌터의 온몸에서 엄청난 전기 신호가 뿜어져 나왔다.

"당신이 나한테 바이러스 백신을 입력하려고 해? 날 만든 당신이 누구보다 나를 이해해야 하는 거 아냐? 대체 왜!"

크리에이터 가디언즈의 구조를 위해 접속한 구조 대원 리더가 큰 소리로 외쳤다.

"위험합니다! 엔젤링 센서가 박사님의 뇌에 연결되어 있어서 헌터의 공격은 실제 뇌에 엄청난 무리를 준다고요! 당장 헌터를 없애야 합니다! 어서 발포 명령을!"

구조 대원 리더가 허공에 세모를 그려 아이템 보관함을 열고 무언가를 꺼내 헌터에게 던졌다. 순식간에 홀로그램 쇠사슬이 헌터의 몸에 칭칭 감겼다. 헌터가 비명을 지르며 이필립 박사를 붙잡은 손을 놓자, 구조 대원들이 박사를 급히 안전한 곳으로 옮겼다.

"한시가 급합니다. 저 절연 쇠사슬 아이템은 3분밖에 견디지 못해요! 당장…… 알겠습니다. 조준!"

날 선 총구에서 나온 새빨간 점들이 헌터를 가리켰다. 수인은 헌터와 함께한 시간들을 떠올렸다. 매 순간 진심이었다. 먼저 헌터를 없애자고 말한 건 수인이었지만, 그 생각은 사라진 지 오래였다. 아빠 말대로, 책임을 져야 했다.

수인은 허겁지겁 헌터 앞으로 달려갔다.

"조금만 시간을 주세요! 헌터에게 할 말이 있어요!"

"비켜요, 이수인 양! 지금 시간이 없어요. 위험하다고요!"

"아빠 말이 맞았어요! 헌터를 이런 식으로 없애서는 안 돼요. 제발, 잠시만요!"

수인의 돌발 행동에 이필립 박사가 놀라 몸을 일으켰다.

"1분 남았어요! 수인 양, 어서 이쪽으로 와요!"

수인은 꼼짝하지 않고 오히려 두 다리에 더욱 힘을 주었다. 헌터를 이대로 없앤다면 평생 후회할 것 같다는 이필립 박사의 말이 자꾸만 맴돌았다. 수인은 아빠에게 헌터가 실망스러운 존재로 남지 않기를 바랐다.

수인은 눈을 감았다. 어둠 속에 자신을 가두기로 결심했다.

그때였다.

펑!

깜짝 놀란 수인이 눈을 뜨고 뒤돌아봤다. 헌터가 빛을 내뿜고 있었다. 멀리 처음 보는 총을 쥔 이필립 박사가 보였다.

"아빠……."

이필립 박사의 눈에서 뜨거운 눈물이 흘렀다.

"이렇게 하지 않으면 네가 위험했을 거야. 아빠는 이 세상에서 네가 가장 소중하단다."

수인은 아빠의 품에 뛰어들었다.

헌터는 사방으로 눈부신 빛을 내뿜었다. 그렇게, 서서히 사라지고 있었다. 온몸에서 분수처럼 빛을 내뿜는 헌터의 모습이, 꼭 세상을 떠난 엄마가 살아 있을 때 같이 보러 간 불꽃 축제의 한 장면 같다고, 수인은 생각했다.

서랍에 차곡차곡 정리되어 있던 대화 파일들이 헌터의 분노처럼 사방으로 튀어 나갔다. 온갖 악담과 저주의 말이 불을 뿜고 치직거리는 소리로 타 들어갔다. 다친 데 없이 모두가 무사했지만, 수인과 아이들은 전혀 기쁘지 않았다.

한바탕 빛의 분수를 내뿜던 헌터의 흉물스러운 껍질이 스르르 녹아내렸다. 포도알을 머금은 듯 반짝이는 보랏빛 눈동자와 동그랗고 자그마한 입매, 커다랗고 팔랑이는 귀, 솜털 같은 몸을 가진 작은 생명체 하나가 마치 벽장 위에 걸린 장식품처럼 미동 없이 공중에 멈춰 있었다.

"기억나. 베타 테스트 때 헌터가 꼭 저런 모습이었지."

민재의 목소리가 떨렸다.

작아진 헌터가 깃털처럼 살포시 떨어졌다.

"미안해……"

수인은 헌터를 품에 안았다. 헌터의 머리 위로 눈물이 떨어졌다. 이필립 박사가 수인 곁에 다가왔다.

"아빠, 헌터가…… 움직이지 않아요."

"그럴 거야. 헌터는 초기화 되었으니까."

"초기화요? 그럼 저와의 기억도 모두 사라진 거예요?"

"맞아. 수인이 너에 대한 기억만이 아니라 그간 축적했던 데이터까지 모두 사라졌지. 헌터를 없애는 것보다 그 편이 더 나을 것 같았단다. 가슴은 아프지만……."

수인이 고개를 떨어뜨렸다. 레이나가 수인에게 다가가 어깨를 끌어안았다. 수인이 헌터를 더욱 꼬옥 안았다. 헌터의 몸 위로 수인의 눈물이 방울방울 떨어졌다.

"헌터…… 절대 널 잊지 않을게. 너는 나의 첫 친구이자, 여전히 내 친한 친구니까……. 그동안 나랑 놀아 줘서, 말 걸어 줘서, 함께해 줘서 정말 고마웠어……."

민재와 태오도 수인 곁으로 다가와 어깨를 감쌌다. 민재가 속삭였다.

"헌터, 우리도 잊지 않을게. 우리가 너에게 했던 말들, 정말 미안했어. 다시는 이런 일이 생기지 않게 할 거야."

태오와 레이나도 고개를 끄덕였다.

수인은 이필립 박사에게 헌터를 건네주었다. 박사의 손이 떨렸다. 헌터는 박사가 평생을 바쳐 만든 존재였다. 헌터에게 쏟은 열정을 수인은 잘 알았다. 헌터는 아빠 인생의 목표이자, 결과였다.

"헌터는 이제 새로운 환경에서 새롭게 학습할 거야. 이전처럼 주먹구구식으로 빅 데이터를 흡수하는 게 아니라, 더 체계적이고 안전하게. 수인아, 아빠가 꼭 헌터를 다시 만나게 해 주마. 조금만 기다려 주렴."

수인이 고개를 들고 힘없이 미소 지었다. 레이나가 수인의 등을 탁 치며 말했다.

"박사님, 수인이는 걱정하지 마세요. 친구니까, 저희가 잘 챙길게요!"

수인이 놀라 고개를 돌렸다. 민재와 태오도 방긋 웃으며 수인을 바라보고 있었다. 태오가 다가와 말했다.

"그래, 이수인. 네가 쿠키월드에서야 활약했지, 로그아웃 해서 나가면 내가 너보다 더 유명한 거 알지? 내가 네 친구인 거, 영광으로 생각해라."

"어? 봤어? 이수인 웃었어!"

민재가 다가와 눈을 동그랗게 뜨고 수인의 얼굴을 빤히 보았다. 수인이 쑥스러워하며 입을 가리고 고개를 저었다.

"너 웃으니까 왠지 레이나랑 닮은 거 같네. 그러고 보니, 둘이 뭔가 비슷한 구석이 있는 것 같고. 자매라 해도 믿을 거 같지 않아?"

"자매? 내가, 이수인이랑?"

레이나가 수인을 바라보았다. 태오가 양손으로 둘의 어깨를 툭 쳤다.

"둘이서 이제 단짝 하면 되겠다. 너희 둘 다 친구 없잖아."

"야!"

레이나가 버럭하자 수인이 풉, 하고 웃었다. 수인의 미소를 본 이필립 박사의 눈가가 촉촉하게 젖어 들었다.

"박사님, 이제 로그아웃 준비가 완료되었습니다."

멀리서 구조 대원 리더가 외쳤다. 태오가 말했다.

"이제 정말 로그아웃할 수 있는 거겠지? 또 갑자기 땅이랑 불이랑 다 꺼지면서 새로운 게임이 시작되는 건 아니겠지?"

"야, 신태오. 이상한 소리 좀 하지 마."

레이나가 온몸을 부르르 떨었다.

"정말 기나긴 게임이었네."

민재가 작별 인사를 하듯 아득한 목소리로 중얼거렸다. 그동안 거쳐 온 쿠키월드 공간들이 파노라마처럼 머릿속을 스쳐 갔다. 민재는 꿈을 꾸듯 눈을 감았다.

"맥박, 호흡, 생체 반응 모두 정상입니다. 카운트다운 시작합니다. 5, 4, 3, 2, 1, 0. 엔젤링 접속 해제."

수인은 수챗구멍으로 빨려 들어가는 듯한 느낌과 함께 번쩍 눈을 떴다.

"이수인 양이 깨어났습니다! 수인 양, 괜찮아요? 정신이 들어요?"

수인은 어리둥절해하며 몸을 일으켰다. 별다른 동작도 아닌데 수인에게 환호가 쏟아졌다.

정신은 또렷했지만, 엔젤링에 오래 접속해 있던 탓인지 현실의 모든 감각이 어색했다. 수인은 자신의 손을 한동안 물끄러미 바라보았다.

첫 이벤트 게임이었던 리듬 어드벤처를 시작으로 미스터리 대저택, 데스 트레인, 블루베리 포레스트와 피라미드 거울 미로, 슈퍼 슈팅 게임까지. 수인은 거쳐 온 그 모든 게임들이 거짓말처럼 느껴졌다. 수인은 자기가 몸을 뉘인 의자를 물끄러미 보았다.

사람들은 가상 현실에서 여행을 다니고 학교 수업을 듣거나 친구를 만난다. 가상 현실은 이미 현실의 한 부분이었다.

접속을 해제했어도, 가상 현실에서 겪은 일들이 없던 일이 될 수 없다는 걸 수인은 깨달았다.

건강에 이상이 없는 것을 확인받은 아이들이 크래커 사 대기실에 속속 모였다. 게임 속 아바타와 별반 다를 것 없는 화려한 차림의 태오를 다시 만나자 레이나는 그만 웃음을 터뜨렸다. 태오와 민재, 수인에게도 웃음이 번졌다. 함께 웃을 수 있어 다행이라고, 민재는 생각했다.

똑똑.

키 큰 남자가 대기실로 들어와 아이들에게 인사했다.

"여러분, 무사히 돌아와서 다행입니다. 많은 사람들이 마음을 졸였습니다."

"저희 때문에요?"

태오의 눈이 커졌다. 남자가 고개를 끄덕였다.

"그렇습니다. 전 세계 뉴스에 매일 여러분의 소식이 나왔습니다. 여러분의 안부를 묻는 문의가 쏟아져 크래커 사의 업무가 마비될 지경이었어요."

그 말에 수인의 마음이 한없이 가라앉았다. 연일 뉴스가 났다면, 자신이 해킹으로 엔젤링 체험 이벤트에 참가한 사실도 알려져 있을 터였다. 수인은 자신 때문에 이필립 박사가 더 난처해질 것 같아 걱정되었다.

"와아아아아아아아아!"

크래커 사 밖으로 나온 네 아이는 엄청난 함성 소리에 그 자리에 얼어붙었다. 셀 수 없을 만큼 많은 사람들이 크래커 사 앞을 메우고 있었다. 투명한 유리벽을 사이에 두고, 민재는 쭈뼛거리며 차마 밖으로 나서지 못했다.

"뭐, 뭐예요? 저 사람들?"

"크리에이터 가디언즈 때문이죠."

"크리…… 가디…… 에? 뭐라고요? 그게 뭔데요?"

"여러분이 바로 크리에이터 가디언즈예요. 쿠키월드에서 빠져나오지 못한 게임 기획자, 크리에이터들을 구해 냈으니까요. 저 사람들은 그런 여러분이 무사한 걸 환영하는 겁니다."

번쩍이는 플래시와 사람들의 환호에 아이들은 도리어 불안했다. 크리에이터 가디언즈라는 이름이 낯설기도 하거니와, 자기들이 버터, 아니, 헌터를 만날 수 없게 만들었다는 것, 그리고 수인의 해킹 참가를 알게 된 사람들이 어떤 반응을 보일지 두려웠기 때문이다. 남자는 그런 아이들의 마음을 아는지 모르는지 크래커 사의 거대한 로비 문을 열어젖혔다.

"나왔다!"

불안함은 단숨에 안도로 바뀌었다. 사람들이 들고 있는 피켓에는 크리에이터 가디언즈를 향한 사랑과 환영의 말들이 가득했다.

"보, 보여? 우리를 환영하고 있어. 우리가 멋지대!"

태오의 목소리에 흥분이 가득했다. 레이나와 민재, 그리고 수인은 이 상황이 너무도 얼떨떨해 침조차 삼키지 못했다. 사람들의 환호가 아이들을 휘감았다.

"수인 양, 헌터를 막기 위해 이벤트에 참가했다면서요?"

"수인 양, 여기 보고 한번 웃어 주세요!"

기자의 말에 수인이 어색하게 손을 흔들던 그때였다. 누군가 달려와 아이들의 손을 붙잡았다.

"무사해서 정말 다행이다!"

한 남자가 아이들 앞에서 무릎을 꿇었다. 남자의 한쪽 어깨에는 붕대가 감겨 있었다.

"헉!"

데스 트레인에서 무시무시한 좀비로 변해 있던 크리에이터 터미널이었다. 지금은 말끔한 모습이었는데도 태오는 저도 모르게 한 발짝 뒤로 물러섰다. 뒤에는 미스터리 대저택 게임을 기획한 크리에이터인 고스트와 블루베리 포레스트 게임의 기획자인 크리에이터 촌장이 손을 흔들고 있었다. 리아도 아이들을 보며 환하게 미소 지었다. 게임 속에서 동고동락한 아이들은 오래된 친구들처럼 정답게 서로를 다독였다.

"우리를 구해 줘서 진심으로 고마워. 너희는 우리의 영웅이야!"

리아의 말에 민재의 가슴이 뛰기 시작했다. 끊이지 않는 사람들의 응원에 아이들은 금방이라도 하늘을 날 것 같은 기분이었다.

'엔젤링 이벤트에 신청하길 정말 잘했어.'

민재는 처음으로 이렇게 생각했다.

세 달이라는 시간이 눈 깜짝할 사이 흘렀다. 그동안 아이들 모두 정신없는 시간을 보냈다. 크리에이터 가디언즈로서의 삶은 잠시 접어 두고 민재는 평범한 학생으로, 레이나는 어린이 프로 게이머로, 태오는 여전히 맹활약하는 아역 배우로 지냈다. 수인은 학교에 가지 않고 스스로를 채찍질하며 공부했다.

그리고 드디어, 쿠키월드의 임시 서버가 문을 여는 날이 다가왔다. 여전히 점검이 필요한 구역들은 접근이 제한되어 있었고, 크래커 사의 사장이자 최고 개발 책임자인 이필립 박사는 그 구역에 의식을 두고 있었다. 이필립 박사가 접속 중인 구식 엔젤링 기기에는 많은 전문가들이 달라붙어 그의

건강을 시시각각 확인했다.

가장 먼저 크래커 사에 도착한 수인은 제일 먼저 이필립 박사가 있는 접속실로 찾아갔다. 아빠에게 인사를 건넨 수인은 아쉬움을 뒤로하고 크리에이터 가디언즈를 위해 준비한 특별 접속실로 발걸음을 옮겼다.

"이수인, 안녕!"

민재와 레이나가 환한 미소로 수인을 맞았다. 수인은 새하얀 앞니를 드러내며 환히 웃었다. 수인과 레이나의 왼손 검지에 똑같은 우정 반지가 끼워져 있었다. 수인이 가볍게 뛰어 엔젤링 접속용 의자에 착석했을 때였다.

"뭐야, 신태오! 5분이나 늦었어!"

레이나가 헐레벌떡 뛰어 들어오는 태오를 핀잔으로 맞이했다. 태오는 난처하게 웃으며 머리를 긁적였다.

"미안, 미안. 드라마 촬영이 조금 늦게 끝나서."

태오는 크리에이터 가디언즈가 된 뒤로 더 유명해져서 어린이 드라마의 주인공을 맡아 열연 중이었다. 말로만 슈퍼스타가 아니라 진짜 슈퍼스타가 된 태오는 이전의 거만함은 사라지고 겸손함이 늘었다.

"접속 10분 전입니다."

스피커에서 들려오는 목소리에 아이들은 자세를 고쳐 앉았다. 새로워진 엔젤링을 눈가에 가져다 대고 편한 자세로 누웠다. 그러자 익숙한 목소리가 들려왔다.

> 이제 쿠키월드에 접속하겠습니다.
> 카운트다운, 스타트.

오랜만에 다시 찾은 쿠키월드는 여전한 모습이었다. 아바타들이 저마다 행복에 들떠 웃고 도란도란 이야기를 나누고 있었다. 오히려 그 여전함이, 뭉클함과 반가움을 동시에 선사했다.

달라진 게 있다면, 쿠키월드 곳곳에 크리에이터 가디언즈의 동상이 세워져 있다는 것이었다. 네 아이는 동상 옆에서 쿠키폰으로 홀로그램 사진을 찍는 아바타들 앞을 유유히 지나갔다. 최신 아이템인 투명 슈트를 입은 덕분에, 이용자들은 진짜 크리에이터 가디언즈가 접속했다는 사실을 전혀 모른 채 그들에 관한 이야기를 쉴 새 없이 나눴다.

입구에 있는 커다란 전광판에서 쿠키월드의 새로운 주제가가 흘러나왔다. 수인과 레이나와 태오가 민재의 어깨를 툭 치며 알은체를 했다. 쿠키월드 광장의 대형 전광판에서 민재가 리아와 함께 어깨동무를 하고 노래를 부르고 있었다. 민재는 꿈이 현실이 된 지금도, 자신이 리아와 함께 듀엣곡을 불렀다는 사실을 믿을 수가 없었다.

"나도 민재만큼 노래 잘했으면 뮤지컬도 할 수 있을 텐데."

태오의 말에 민재가 수줍어하며 손사래를 쳤다.

"자, 자. 이제 수다는 그만 떨자. 이번에는 진짜 쿠키월드에서 제대로 된 게임을 같이하는 거야. 알겠지?"

레이나가 씨익 웃으며 엄지를 치켜들었다. 민재도, 수인도 따라 웃었다.

쿠키월드는 임시 서버 공개를 맞아 네 아이가 거쳐 왔던 여섯 개의 이벤트 게임을 정상화시켜서 이용자들이 즐길 수 있게 하기로 했다. 그리고 그 게임을 가장 먼저 즐길 수 있는 행운아들이, 바로 크리에이터 가디언즈였다.

"아, 그 게임들을 다시 할 생각하니까 괜히 땀나네."

오랜만에 듣는 태오의 너스레에 다들 함박웃음을 터뜨렸다. 쿠키월드에서 웃는 이 시간이 민재는 너무나 행복했다.

"자, 그럼 리듬 어드벤처부터 시작한다. 알았지?"

레이나의 말에 아이들은 둥글게 서서 서로를 마주 보았다.

레이나가 먼저 민재의 손을 잡았다. 다음은 수인, 태오 순서
로 아이들은 서로의 손에 자신의 손을 포갰다.

"자, 이벤트 게임 접속 준비! 하나, 둘, 셋!"

네 아바타가 눈을 감고 게임 존 입구로 뛰어들었다.
오랜만에 차가운 감각이 아이들의 온몸을 휘감았다.
쿠키월드의 하늘에서 각양각색의 홀로그램 축포가
날리고 있었다.

크리에이터
가디언즈 4

글 정율리 | 그림 김기수

찍은날 2025년 1월 3일 초판 1쇄 | **펴낸날** 2025년 1월 20일 초판 1쇄
펴낸이 신광수 | **출판사업본부장** 강윤구 | **출판개발실장** 위귀영
아동문학파트 백한별, 강별 | **출판디자인팀** 최진아, 김리안 | **저작권 업무** 김마이, 이아람
출판사업팀 이용복, 민현기, 우광일, 김선영, 이강원, 신지애, 허성배, 정유, 정슬기,
정재욱, 박세화, 김종민, 정영묵, 전지현
출판지원파트 이형배, 이주연, 이우성, 전효정, 장현우
펴낸곳 (주)미래엔 | **등록** 1950년 11월 1일 제16-67호 | **주소** 서울특별시 서초구 신반포로 321
전화 미래엔 고객센터 1800-8890 팩스 541-8249 | **홈페이지** www.mirae-n.com

ISBN 979-11-7347-020-2 74810
ISBN 979-11-6841-189-0 (세트)